C.Bertelsmann

Helme Heine und
Gisela von Radowitz

Im freien Fall

Roman

C.Bertelsmann

Sollte diese Publikation Links auf Webseiten Dritter enthalten,
so übernehmen wir für deren Inhalte keine Haftung,
da wir uns diese nicht zu eigen machen, sondern lediglich
auf deren Stand zum Zeitpunkt der Erstveröffentlichung verweisen.

Penguin Random House Verlagsgruppe FSC® N001967

1. Auflage 2023
Copyright © 2023 der Originalausgabe by C. Bertelsmann
in der Penguin Random House Verlagsgruppe GmbH,
Neumarkter Straße 28, 81673 München
Umschlag: Sabine Kwauka
Umschlagmotiv: Helme Heine
Satz: Leingärtner, Nabburg
Druck und Bindung: Friedrich Pustet, Regensburg
Printed in Germany
ISBN 978-3-570-10508-5
www.cbertelsmann.de

Nach einer wahren Begebenheit

Nun ist es Zeit wegzugehen: für mich, um zu sterben, für euch, um zu leben. Wer von uns dem besseren Zustand entgegengeht, ist jedem verborgen, außer dem Gott.

Sokrates

Das Leben ist eine Einbahnstraße. Es gibt kein Zurück.

Aus diesem Grund buchte Max nur einen Hinflug.

»Hin und zurück ist günstiger«, schlug die junge Angestellte im Reisebüro vor und rief die Vergleichstabelle in ihrer Preisliste auf.

»Ich bleibe länger«, antwortete er.

* * *

Max starrte in die Dunkelheit und lauschte dem leisen Zischen der Frischluftdüse über seinem Kopf und dem gedämpften Dröhnen der Flugzeugmotoren. Noch zwölf Stunden, dann hatte er es geschafft. Nur noch einen halben Tag durchhalten, dann war er angekommen.

Die Maschine begann zu vibrieren, die klirrenden Gläser im Servicebereich kündigten Turbulenzen an. Plötzlich geriet der Flieger in ein Luftloch. Das Flugzeug sackte ab, kam ins Trudeln. Angstschreie übertönten die Durchsage des Kapitäns. Gepäckfächer sprangen auf. Koffer und Taschen fielen herab.

Kurz darauf war alles vorbei. Die Stewards versorgten die Gäste, räumten alles an seinen Platz und versuchten das Geschehene wegzulächeln.

Max blieb ruhig, insgeheim hatte er sogar gehofft, dass das Schicksal ihm die Entscheidung über Leben oder Tod abnehmen würde. Aber warum sollten die Mitreisenden mit ihm in den Tod gehen, nur um ihm das Ende zu erleichtern? Eines Tages würden sämtliche Passagiere, die hier an Bord waren, sowieso sterben.

Der Sensenmann holte sie alle. Der Unterschied bestand nur darin, dass er allein seine Todesstunde kannte. Heute.

Es war sein Wunsch. Es war sein Entschluss. Er wollte spurlos von dieser Erde verschwinden. Niemand würde von seinem Exodus erfahren, niemand würde ihn hier suchen, niemand würde ihn beerdigen wollen. Nach all dem, was in der Vergangenheit passiert war, wollte er den Zeitpunkt seines Todes selbst bestimmen und nicht irgendwann von einem Arzt mitgeteilt bekommen, wie viel Tage, Monate oder Jahre ihm noch verblieben. Auch wollte er nicht in einem Autowrack sterben wie sein Vater oder als Versuchskaninchen auf der Intensivstation enden.

Immer wieder hatte das Schicksal ihn gebeutelt, hatte ihn gezwungen, neue Wege zu gehen. Jedes Mal, wenn er geglaubt hatte, jetzt wird alles gut, hatte es neue Last auf seinen Schultern abgeladen, aber stets nur so viel, dass er daran nicht zerbrach, sondern irgendwie weitermachen oder neu beginnen konnte. Für ihn war das Schicksal ein Sadist, das sich an seinem Leid labte. Hilflos schien er ihm ausgeliefert. Bis ihm die Idee kam, sein Leben zu beenden, ohne um Erlaubnis zu fragen. Das gab ihm Kraft. Der Tod verlor seine Größe und seine Macht, er war nicht mehr der panik- und schreckenerregende Schnitter, der mit seiner scharfen Sense den Lebensfaden durchtrennte, sondern ein Erlöser.

Was danach käme, ängstigte Max nicht. Himmel und Hölle hatte er zur Genüge auf Erden erlebt. Gott und Teufel waren für ihn theologische Begriffe für Gut und Böse. Mochten sie miteinander ringen um den Sieg. Er war bereit und neugierig, was ihn auf der anderen Seite des Lebens erwartete.

Die Maschine der Lufthansa landete sicher in Johannesburg unter dem Beifall der zahlreichen Touristen an Bord. Max war einer der

Ersten, die den Flieger verließen. Er hastete durch endlose neonbeleuchtete Gänge zur Passkontrolle, bekam einen Stempel in den Pass, ging vorbei an den Gepäckbändern und grüßte mit leichtem Kopfnicken die Zollbeamten, die sich wunderten, dass er keinen Koffer dabeihatte. Nicht einmal Handgepäck oder eine Aktentasche. Sie hielten ihn an und fragten nach seinem Ziel. Er war überrascht und suchte stotternd nach einer Antwort, bis ihm die Adresse seiner alten Firma einfiel, die er hier vor vielen Jahren geleitet hatte. Nun waren die Beamten erstaunt, denn dieses einst große Unternehmen gab es nicht mehr.

Und als er keine Antwort auf die Frage nach seinem Rückflug hatte, erfuhren sie, dass er kein Returnticket besaß, ohne das er das Land nicht betreten durfte. Max kaufte den geforderten Flugschein und haderte wieder einmal mit dem Schicksal, das es ihm so schwer machte, sich vom Leben zu verabschieden.

Mit großen Schritten durchmaß er die Ankunftshalle, die zur Zeit der Apartheid noch mit den ausgestopften Köpfen aller afrikanischen Wildtiere geschmückt gewesen war. Ein riesiges Elefantenhaupt mit Segelohren und zwei Meter langen Stoßzähnen hatte neben einem Flusspferd mit weit aufgerissenem Maul gehangen, flankiert von einem Nashorn, dessen Horn wiederholt gestohlen worden war. In Asien schätzte man dessen kostbares Pulver, das angeblich jeden Mann zum brünstigen Hengst machte. Büffel, Giraffe, Krokodil, Warzenschwein, Gazelle, Löwe, Zebra, Leopard, alle hatten von der Wand stumm die ankommenden Fluggäste begrüßt und sie mit stumpfen Glasaugen angestarrt.

Max hatte dieses tierische Panoptikum als so skurril empfunden, dass er in einer launigen Tischrede bei der südafrikanischen Industrie- und Handelskammer den satirisch gemeinten Vorschlag unterbreitet hatte, in der Abflughalle alle ausgestopften Hinterteile aufzuhängen. Der Auftrag der Firma war daraufhin storniert worden, und er wurde nie wieder eingeladen.

Die Tierpräparate hatte man irgendwann abgehängt, sie waren paradiesischen Naturfotos aus dem Krüger-Nationalpark gewichen, um die tierliebenden Besucher vor dem Anblick der Jagdtrophäen zu verschonen.

Wie sich die Zeiten ändern, dachte Max.

Draußen rief er ein Taxi herbei. Müde von dem langen Flug ließ er sich auf die Rückbank fallen und sagte: »Bitte zur St. Helena Gold Mine.«

»Die ist zu«, antwortete der schwarze Fahrer. »Kaputt.«

»Weiß ich. Fahren Sie mich trotzdem hin.«

Er war fest entschlossen, an diesem Tag, an diesem Ort seinen Plan zu vollenden.

* * *

Wie ein riesiges stählernes A thronte das Fördergerüst der alten Goldmine in der sengenden Sonne. Die zwei Seilscheiben, die den Förderkorb einst gehoben oder gesenkt hatten, lagen dicht nebeneinander und bildeten eine liegende Acht. Sie schienen sich gegen den Rost und die Zeit zu wehren und kamen Max vor wie ein Symbol der Ewigkeit. Schon einmal hatte er hier an gleicher Stelle gestanden, 25 Jahre war das her.

Er stakste über Abraumhalden, goldene Industriedünen, verbogenes Gestänge, verrostete Werkzeuge und vergiftetes Gestein. Karges Unkraut kämpfte sich durch Betonritzen. Hier hatte vor Jahren der Mensch die Natur vergewaltigt, nur um ein bisschen Gold zu gewinnen. Als es später nichts mehr zu holen gab, hatte man die Mine geschlossen und sich nicht darum gekümmert, aufzuräumen. Man hatte einfach alles sich selbst überlassen, weil der Erlös des geförderten Edelmetalls nicht ausgereicht hätte, um den angerichteten Schaden wiedergutzumachen.

Die afrikanische Sonne brannte gnadenlos. Max schwitzte in seinem dunkelblauen wollenen Businessanzug. Bei seinem Abflug in Frankfurt hatte das Thermometer Minusgrade angezeigt. Er suchte vergeblich nach einem Taschentuch, wischte sich mit dem Ärmel den Schweiß von der Stirn und verlor dabei seine randlose Brille, die ihm bisher die Weitsicht im Leben garantiert hatte. Jetzt machte er sich nicht einmal die Mühe, sie aufzuheben, er brauchte sie nicht mehr.

Er lächelte müde, streifte Jacke und Weste ab und ließ sie achtlos fallen. Er hielt sein Gesicht in den kühlenden Wind.

Von hier oben wirkte die Konstruktion aus Stahlstreben, als stünde mitten in einer Wüstenoase der Pariser Eiffelturm, dessen Spitze abgebrochen oder unvollendet geblieben war. Aufgegeben wie sein eigenes Leben, das nun hinter ihm zurückbleiben würde.

* * *

Der Eiffelturm. Paris. Frankreich. Wie lange war das her! Unvergessen. Nach dem Abitur hatte er an der Sorbonne neben dem Jura- und Betriebswirtschaftsstudium Französischkurse belegt. In der Firma sprach niemand die Sprache, deshalb hatte ihm sein Vater verdeutlicht, wie immens wichtig es für die Kommunikation im Export nach Frankreich sei. Da gab es keine Widerrede. Heimlich hatte er sich nebenbei in Philosophie eingeschrieben, wo zu der Zeit die Existenzialisten mit dem Vordenker Jean-Paul Sartre die Welt der Studenten durcheinanderwirbelten. Das hatte ihn neugierig gemacht, und er hatte sehr schnell festgestellt, dass es eine fantastische Entscheidung gewesen war, nach Paris zu gehen. Denn in Paris hatte alles seinen Anfang genommen.

Dort hatte er Marie kennengelernt.

In einem Antiquariat hatte er ein angestaubtes Büchlein von Jules Verne entdeckt *Voyage au centre de la terre – Reise zum Mittel-*

11

punkt der Erde. Er erstand es für wenig Geld und machte sich damit auf den Weg ins Café de Flore, um in Ruhe darin zu blättern. Während er stumm, aber mit bewegten Lippen den Text Wort für Wort, Satz für Satz ins Deutsche zu übertragen versuchte, hatte sie sich unbemerkt ihm gegenüber an den Tisch gesetzt. Mit leicht ironischem Lächeln hatte sie beobachtet, wie der attraktive Fremde mit ihrer Muttersprache kämpfte.

Reise zum Mittelpunkt der Erde. War Jules Verne an allem schuld?

Max war zusammen mit dem Helden des Romans, dem Hamburger Geologen Otto Lidenbrock in den Krater eines isländischen Vulkans gestiegen, um in die Erdmitte zu gelangen.

Max war bewusst, dass es nur ein naiver Science-Fiction-Roman war, aber dieses Buch hatte ihn auf die Idee gebracht hierherzukommen, um Schluss zu machen.

Es gab kein Zurück.

Wie zu Kinderzeiten rutschte er die andere Dünenseite hinunter, als sei es ein schneebedeckter Abhang. Er schüttelte sich den Sand aus Hose und Schuhen und stapfte Richtung Förderturm, der kühlenden Schatten versprach.

Im Zentrum unter den Seilscheiben lockte der kreisrunde Schachtmund, der mit Grubenholz abgedeckt war. Von hier aus ging es eintausendzweihundert Meter senkrecht in die Tiefe. Er warf einen kleinen Stein durch eine der Ritzen und lauschte, vergeblich. Wie lange würde es dauern, bis er unten aufschlug?

Max hatte gelesen, dass sich in einer todesnahen Situation das ganze Leben in Bildern aneinanderreiht und in Bruchteilen von Sekunden an einem vorbeizieht: während sich das Auto überschlägt, während man aus dem Fenster stürzt, während eines Infarkts. Es hieß, die Zeit würde sich dehnen, vielleicht stünde sie sogar still. Die Naturwissenschaftler glaubten nicht an solche Theorien. Für sie war die Zeit eine messbare physikalische Größe und die Schrecksekunde nur ein populärer Begriff für etwas Unbegreifliches.

Der Normalbürger glaubte, dass die Lebensuhr unaufhaltsam tickt. Die Zeiger der Armbanduhr können zwar manipuliert werden, man kann sie anhalten, aber die Lebenszeit läuft trotzdem ab. Seit dem Tag der Geburt verkürzt sie sich mit jeder Sekunde. Niemand vermag diesen Prozess anzuhalten, nicht einmal der Tod. Denn auch seine Macht ist begrenzt, er kann nur den Lebenden das Leben nehmen. Die Zeit ist stärker als er.

Oder war es vielleicht so, dass es die Zeit gar nicht wirklich gibt, sondern eine Erfindung des Menschen ist? An das Gestern erinnert man sich, das Morgen erwartet man. Existiert die Zeit also nur im Jetzt? Im ewigen Jetzt, denn *ein* Jetzt reiht sich an das andere. Der tickende Sekundenzeiger beweist es. Also existiert sie doch, die unaufhaltsam fortschreitende Zeit!

Welche geheimnisvolle Kraft wohnt dann der Schrecksekunde inne? Was passiert in einem Menschen, dessen Leben im Angesicht des Todes in unzusammenhängenden Bildern vorbeizieht? Oder sind die Schilderungen der Menschen, die ein Nahtodgeschehen überlebt haben, Einbildung?

Der Bruder von Max' Vater hatte bei einem Familientreffen erzählt, wie er bei Glatteis mit seinem Auto von der Fahrbahn gerutscht und auf eine hohe Betonwand zugeschlittert war, ohne gegensteuern zu können. Er überlebte wie durch ein Wunder und schwor, dass er in dieser Schrecksekunde noch einmal seine gesamte Kindheit in einzelnen Bildern erlebt hatte. Die Verwandtschaft hatte neugierig an seinen Lippen gehangen, nur Max' Vater verdrehte die Augen und sagte später zu ihm, als alle gegangen waren: »Ich hoffe, du glaubst den Quatsch nicht.«

Max war seitdem fasziniert gewesen von Berichten über Nahtod-erlebnisse und wollte selbst erfahren, was es damit auf sich hatte. Von klein auf setzte er sich absichtlich Gefahren aus. Kurz nachdem er schwimmen gelernt hatte, sprang er in einer unbeaufsichtigten Minute in der Badeanstalt vom Zehnmeterbrett. Vom Absprung bis zum Eintauchen dauerte es eine Sekunde. Mit der Stoppuhr in der Hand hatte er es selbst gemessen. Er fand es aufregend, aber eine neue Erkenntnis hatte er nicht erlangt. War die Zeitspanne vielleicht zu kurz? Braucht die Schrecksekunde mehr Zeit?

Als er heranwuchs, unternahm er Tandem-Sprünge mit dem Fallschirm aus großer Höhe. Er wollte den freien Fall über einen längeren Zeitraum testen. Stimmte es, dass Angst sich nichts befehlen ließ? Er wollte sie überwinden, wollte wissen, wie es ist, den letzten Schritt von der geöffneten Flugzeugtür ins Leere zu tun, nur noch den Gravitationskräften ausgesetzt.

Beim ersten Sprung schloss er die Augen, ließ sich fallen und schrie berauscht seinen Jubel in den wolkenlosen Himmel. Bis zu dem Augenblick, da der Fluglehrer die Reißleine zog, der Schirm sich ruckartig öffnete und der freie Fall ins Schweben überging. Es war wie das Erwachen aus einem Traum. Die Welt hatte ihn wieder im Griff.

Nach einem Dutzend Versuchen gab er auf. Die erhoffte Erfahrung der Zeitdehnung war ihm nicht gelungen. Zu gerne hätte er sein bisheriges Leben im Zeitraffer wiederholt und dabei herausbekommen, wo er falsch abgebogen war. Vergeblich.

Wahrscheinlich, so glaubte Max, muss man erst die Stufe zwischen Leben und Tod betreten, um diese Erfahrung zu machen. Vielleicht gewährte das Schicksal erst im Moment der Hilflosigkeit und des totalen Ausgeliefertseins die Chance einer kurzen Retrospektive.

* * *

Max bückte sich und versuchte, eine schwere Holzplanke über dem Schacht zu verschieben. Sie ließ sich keinen Millimeter bewegen. Er stemmte sich mit aller Kraft dagegen. Nichts. Er fluchte. Als er erneut in die Knie ging, durchfuhr ihn urplötzlich ein heller Schmerz. Wie ein spitzer Dolch bohrte er sich in Kopf und Leib, boykottierte die kleinste Bewegung. Halb kniend stützte er sich vornübergebeugt mit den Händen auf und hoffte, dass dieser höllische Zustand nachließ.

Sollte sein Vorhaben in letzter Minute doch noch scheitern? Er hatte niemanden in seine Absicht eingeweiht, aus dem Leben zu scheiden. Er wollte sich still und allein verabschieden. Alles war genauestens geplant, jedes Detail war überdacht. Es war eine Kopfentscheidung, gegen die jetzt sein Körper zu rebellieren schien.

Oder hatte ER seine Finger im Spiel? Der große Unbekannte, dessen irdische Vertreter den Freitod mit einem Tabu belegt hatten? Im Studium in Paris hatte er mit den Existenzialisten endlose Diskussionen über das Thema geführt, und auch später im Laufe seines Lebens hatte er sich oft mit dem Für und Wider auseinandergesetzt, hatte gezweifelt, gegrübelt und sich informiert.

In der Antike hatte der Freitod als geachteter, selbst gewählter Abschied aus dem Leben gegolten. Der siebzigjährige Sokrates, der Übervater aller Philosophen, war in einem Scheinprozess wegen Gotteslästerung und Jugendverführung zum Tode verurteilt worden. Obwohl Freunde seine Flucht vorbereiteten, trank er den Schierlingsbecher aus freien Stücken. Er suchte den Tod. Seine Abschiedsrede vom Leben wird noch heute zitiert und gewürdigt:

»Nun ist es Zeit wegzugehen: für mich, um zu sterben, für euch, um zu leben. Wer von uns dem besseren Zustand entgegengeht, ist jedem verborgen, außer dem Gott.«

Die Kirche hatte dem Freitod die Freiheit genommen. »Wer den Freitod sucht, wird zum Selbstmörder, zum Sünder«, sagen die Kirchenväter. Aber suchte nicht selbst Christus den Freitod am Kreuz, um die Sünden der Menschen auf sich zu nehmen?

Max war sich der juristischen Definition von Mord aus seinem Studium bewusst. § 211 des Strafgesetzbuches besagt: »Mörder ist, wer aus Mordlust, zur Befriedigung des Geschlechtstriebes, aus Habgier oder aus niedrigen Beweggründen, heimtückisch oder grausam mit gemeingefährlichen Mitteln oder um eine andere Straftat zu ermöglichen oder zu verdecken, einen Menschen tötet.«

Nichts davon traf auf Max zu. Er wollte keinen Selbstmord, sondern einen Freitod, einen Suizid, eine Selbsttötung.

Sui caedere.

Die Kirche sagte, wenn der Mensch glaubt, dass wir Kinder Gottes sind und IHM unser Leben verdanken, darf er nicht freiwillig in den Tod gehen. Gott bestimmt unser Ende.

»Kein Spatz und kein Blatt fällt vom Baum, wenn der Herrgott es nicht will«, hieß es, und Max hatte daraus gefolgert, dass Gott ihn dann auch nicht in diesen Schacht fallen lassen dürfe. Wenn ER nicht will, dass ich mir das Leben nehme, müsste ER mein heutiges Vorhaben verhindern. Wenn ER es aber nicht verhindert, habe ich die Freiheit, es zu tun.

* * *

Der krampfende Schmerz hatte sich ein wenig beruhigt. Max stand wieder aufrecht. Sein Blick fiel auf eine verrostete Eisenstange. Lag sie dort zufällig oder hatte Gott sie dort hingelegt? Oder gar der Teufel?

Er überlegte nicht lange, war erleichtert, dass er nun die zentnerschwere Bohle aushebeln und verrücken konnte. Zuerst tat sich ein kleiner Schlitz auf, dann ein Spalt. Dann eine Öffnung, breit genug für die Ewigkeit.

Er war bereit.

Ein pechschwarzer Abgrund tat sich vor ihm auf. Vor diesem Augenblick hatte er sich eigentlich gefürchtet, weil er nicht schwindelfrei war. Das war nicht neu. Schon früher, als er seinen Vater bei der Gamsjagd in den Alpen begleiten sollte, hatte er sich verweigert. Nicht etwa aus Scheu, das Tier zu töten, sondern er gruselte sich vor den schmalen Klettersteigen und den senkrecht abfallenden Graten. Das lockere Geröll, das sich unter seinen schweren Bergstiefeln löste und zu Tal polterte, versetzte ihn in Panik. Die Höhe machte ihm Angst.

Aus dem gleichen Grund hatte er in der Firma seinen Schreibtisch im neunten Stockwerk von der Panorama-Fensterscheibe wegrücken lassen. Er ertrug es nicht, in der Straßenschlucht tief unter sich Menschen und Autos wie geschäftige Ameisen herumwuseln zu sehen. Seinen Mitarbeitern hatte er der Einfachheit halber erklärt, die Aussicht lenke ihn von der Arbeit ab.

Heute, am oberen Ende des Minenschachtes, war alles anders. Heute ängstigte ihn der Abgrund nicht. Er lockte ihn.

Lag es daran, dass er diesen Ort freiwillig aufgesucht hatte? Oder dass dieser dunkle Höllenschlund unendlich erschien? Kein Boden, kein Ende des senkrechten Tunnels war zu erahnen. Was dort hineinfiel, war für immer verschluckt. Selbst das Licht verschwand wie in einem schwarzen Loch. Eintausendzweihundert Meter Tiefe.

Max hatte sich diesen Ort ausgesucht, um zu verhindern, dass er nach seinem Ableben auf irgendeinem Friedhof unter Heidekraut beigesetzt werden würde. Er wollte kein Grab mit einem Findling darauf, der in Bronzelettern seinen Namen sowie sein Geburts- und Todesdatum kundtat, um 25 Jahre später Platz zu machen für den nächsten Kunden, weil niemand mehr für die Verlängerung der Grabgebühren aufkommen wollte.

Er hatte mit dem Gedanken gespielt, vom Dach des ehemaligen

Hauptquartiers der Firma zu springen. Dann wäre die Feuerwehr gekommen, die Polizei und die Ambulanz, und ein Tatortreiniger hätte alle Spuren beseitigen müssen wie im Fernsehkrimi. Die Zeitungen hätten berichtet und gerätselt, warum dieser einst so erfolgreiche attraktive Unternehmersohn sich das Leben genommen hatte. War es eine Lebenskrise? Eine Persönlichkeitsstörung? Eine Krankheit? Eine Depression? Eine Liebesgeschichte? Ein Verlust? Oder waren es Versagensängste und ein psychisches Leiden?

Wer ihn kannte, wusste, dass alle diese Schicksalsschläge auf ihn zutrafen und Grund genug wären. Friedrich Nietzsche hatte in *Also sprach Zarathustra* verkündet: *Zur rechten Zeit, ein edles Sterben.* Für Max war die rechte Zeit *jetzt.* Er würde einer von weltweit 800 000 Menschen sein, die jedes Jahr freiwillig ihr Leben beenden. Alle 40 Sekunden stirbt ein Mensch, mehr als durch Aids, Drogen oder im Verkehr.

Max blickte in die untergehende Sonne. Seine Reise in die Nacht konnte beginnen. Gab es ein Leben *nach* dem Tod? Alles erschien ihm erträglicher als sein Leben *vor* dem Tod, das Qual, Kampf und Verzweiflung gewesen war. Vielleicht würde sich endlich sein sehnlichster Wunsch erfüllen, alles noch einmal in Bildern vorbeiziehen zu sehen. Und vielleicht wäre ihm danach ein langer, friedlicher Schlaf vergönnt.

Auf ein Erwachen im Himmel oder in der Hölle verließ er sich nicht, dazu fehlte ihm der Glaube. Glaube, was war das schon? Sein geliebter Großvater, der ein Koch gewesen war, hatte den Glauben, dass ein Pfund Fleisch und ein Liter Wasser eine gute Suppe ergäben. Sein Vater hatte an nichts geglaubt, noch nicht einmal an die Gerechtigkeit. Der schlauere Jurist gewinnt den Prozess, hatte er behauptet. Gott war für ihn immer auf der Seite des Stärkeren gewesen.

Max setzte auf die Naturwissenschaften. Bereits in der Schule hatte er im Physikunterricht einen anderen Glauben an das ewige Leben erworben und gelernt, dass die Erde, das Universum ein geschlossenes System ist, in dem nichts verloren geht. Egal, ob Materie verrottet, verbrennt oder sich auflöst, sie kann sich nur in Energie verwandeln, genauso wie Energie sich in Materie verwandeln kann. Albert Einstein hatte es bewiesen.

Der Mensch besteht zu einem Großteil aus Wasser, das nach seinem Ableben verdunstet und als Wasserstoff und Sauerstoff fortbesteht und allen Lebewesen Luft und Leben gibt. Er bleibt ein Teil der Schöpfung, ohne die Hilfe des Herrn, der Engel oder des Teufels. Was also gab es zu befürchten?

E *r fällt in die Dunkelheit, in eine nie erlebte Schwärze.*
      Er schließt die Augen. Er will nichts mehr sehen, es gibt nichts mehr zu sehen. Nur die Vergangenheit, das Erlebte, Erlittene wird noch einmal lebendig. In ungeordneter Reihenfolge spulen sich in seinem Kopf filmisch die Bilder seines Lebens ab. Seine Fantasie schlägt Purzelbäume.

Sein Vater saß vor ihm am Esstisch, Pfeife rauchend. Schweigend. Musik beim Essen störte ihn, und geredet habe er in der Firma schon genug, hatte er stets betont. Er hüllte sich in Pfeifenrauch und wirkte abwesend. Er dachte an morgen. Gestern interessierte ihn nicht. Gestern war nicht mehr zu ändern, und deshalb verschwendete er keine Zeit daran.

Seine kleinen grauen Augen, verborgen hinter dem Gestrüpp wild wuchernder Brauen, blickten starr auf seinen Teller. Nur seine Kiefermuskulatur bewegte sich, als zermalme er die zu erwartenden Probleme mit seinen tabakgetönten Zähnen. Dabei zog er den kantigen Schädel, der bedeckt war von einem dichten, pelzartigen Haarschopf, tief zwischen die Schulterblätter. Seine innere Anspannung erinnerte an einen Wolf, der unbeweglich auf sein Opfer wartete.

»Roten oder weißen?«, fragte Max und hielt ihm zwei Flaschen entgegen, die er aus dem Weinkeller geholt hatte.

Ohne die Pfeife aus dem Mund zu nehmen, nuschelte der Vater Unverständliches.

»Sprich deutlich«, sagte die Mutter, »man versteht dich nicht.«

Stumm schob er die Pfeife vom rechten in den linken Mundwinkel und deutete wortlos auf die Rotweinflasche.

»Er ist mit den Gedanken immer noch in der Firma«, entschuldigte ihn die Mutter. »Max, fang bitte an, sonst wird das Essen kalt.«

Endlich schien der Vater wie aus einem Schlaf aufzutauchen. Er legte die Pfeife neben den Teller, wie immer links davon auf seine vergilbte Ledertasche, in der er frischen Ersatztabak, einen Stopfer, ein goldenes Feuerzeug mit dem Firmenlogo und ein halbes Dutzend Pfeifenreiniger aufbewahrte. Still schaufelte er die Suppe in sich hinein, und als Mimi, die gute Seele der Küche, die Teller abräumte, griff er erneut zu seiner Pfeife und zündete sie an.

»Immer unter Dampf«, missbilligte die Mutter kopfschüttelnd.

Im Kindergarten hatte Max einmal eine dampfende Lokomotive an die Tafel gemalt.

»Was bedeutet das?«, wollte die Kindergärtnerin wissen.

»Das ist mein Vater«, hatte er erklärt.

Sie nickte verständnisvoll, Rauchen sei schädlich für Kinder. Sie kapierte die Interpretation des Vaterporträts nicht. Max fand, dass sein Vater in gewisser Weise ähnliche Merkmale wie eine Lokomotive aufwies: Er qualmte wie eine Dampflok. Wenn er Max suchte, pfiff er ihn herbei. Seine Stimme war eisenhart und klang metallisch. Und wenn er etwas erreichen wollte, hielt ihn keiner auf. Er wurde niemals laut. Max konnte sich nicht erinnern, dass der Vater je gebrüllt hatte. Im Gegenteil, je leiser er sprach, desto mehr musste man sich vor ihm in Acht nehmen. Und wenn der Jurist in ihm erwachte, durfte man ihm auf keinen Fall widersprechen. Dann füllte sich seine Sprache mit Paragrafen und deren Auslegung, und man verstand immer weniger von dem, was er da flüsterte.

So überrollte er alle. Auf dem schnellsten Weg wollte er von A nach B. Umwege hasste er. Der Vater liebte die Gerade. Jeder hatte sich kerzengerade vor ihn hinzustellen, gerade zu sitzen, gerade zu denken. Schnurgeradeaus sein Ziel zu verfolgen wie die parallel laufenden Schienen der Eisenbahn. Ihm imponierte die mathematische Definition von Parallelen, die sich erst in der Unendlichkeit schneiden, und er widerspricht damit den Laien, die der Meinung sind, dass sie sich nie treffen. Der Vater zitierte diesen Vergleich gern und schmückte sich damit in seinen Reden auf Betriebsfesten, obwohl er ihn selbst nicht ganz verstand.

Wenn Max einen freien Wunsch im Leben in Bezug auf seinen Vater gehabt hätte, hätte er ihn sich nicht als Lokomotive, sondern als Ritter gewünscht, mit einer eisernen Rüstung vielleicht, die er nach Feierabend zu Hause ablegen würde.

Doch das hätte sich nicht mit der Vorstellung des Vaters vertragen. Ein Ritter war eine ausgediente Sagengestalt aus der Vergangenheit auf einem Pferderücken. Aber Pferde bockten und konnten den Ritter abwerfen, sie waren stur, hatten einen eigenen Willen und waren langsam. Der Vater, obwohl physisch eher zartgliedrig, wollte eine moderne Lokomotive auf rollenden Rädern sein. Seine Vision lag nicht im Gestern, sondern in der Zukunft, in der Technisierung. Er setzte auf die Maschine, denn die Maschine war ein Werk des Menschen, unterlag seinem Willen und war schnell.

Nach diesem Prinzip hatte er sein gesamtes Leben geplant. Max würde später sagen *verplant.* Firma, Umsatz, Gewinn kannten für den Vater immer nur eine Richtung: vorwärts. Geradeaus. Und während der Ritter auf seinem Pferd an der Bahnschranke halten und warten musste, beanspruchte der Vater für sich und sein Unternehmen immer Vorfahrt. Vorbei an den Gestrigen, sie abhängen, hinter sich lassen.

Wesentlich für ihn war, Entscheidungen mit dem Kopf zu treffen und nicht mit dem Bauch. »Gefühle sind etwas für Frauen«, hatte er seinem Sohn und potenziellen Nachfolger eingetrichtert. »Verlasse dich nur auf deine eigenen kleinen grauen Zellen. Und vertraue niemandem, hörst du, niemandem!«

Er war unfähig, Emotionen zu zeigen. Selten hatte er Max in den Arm genommen, hatte ihm nie eine Geschichte vor dem Einschlafen erzählt und ihm nie einen Gutenachtkuss geschenkt. Wenn er mitbekam, dass die Mutter seine Unnahbarkeit zu kompensieren versuchte, tadelte er sie: »Du verzärtelst den Jungen!«

Er hatte vor, das Kind von Anfang an zu einem gestandenen Mannsbild zu erziehen, während die Mutter einen glücklichen Menschen aus ihm machen wollte.

Max erinnerte sich an einen Tag vor vielen Jahren. Der Vater hatte unvorhergesehen mit dem Auto vor der Schule gestanden, um ihn abzuholen, und Max war ihm vor Freude über diese Besonderheit um den Hals gefallen. Dem Vater war die Begrüßung in aller Öffentlichkeit aber so peinlich, dass er ihn zurückschubste:

»Männer umarmen sich nicht.«

Max steht an einem Bahnübergang und sieht seinen Vater auf der anderen Seite der Gleise. Er winkt ihm zu, will zu ihm hinüberlaufen. In dem Moment schließt sich die Bahnschranke. Der Zug kommt. Als er vorbei ist, ist der Vater verschwunden.

Diese Belehrung hielt lange vor, und er sollte später noch einmal daran erinnert werden. Es war an jenem Nachmittag, als Vaters Jagdhündin Bella sich wie toll gebärdete. Im Vordergarten drehte sie sich wie von Sinnen im Kreis, kläffte wie ein Höllenhund, sprang auf allen vieren in die Höhe und kratzte mit den Krallen ihrer Vorderpfoten Kerben in die Rinde des majestätischen Walnussbaumes. Max konnte sich nicht auf seine Hausaufgaben konzentrieren. Er lief ins Freie, um sie zu beruhigen, aber die Hündin war durch nichts zu bändigen. Da packte er sie beim Halsband und sperrte sie in die Garage.

Aber auch dort gab sie keine Ruhe und randalierte weiter. Max war ratlos und überlegte, was zu tun sei, als er ein klägliches Wimmern vernahm. Er folgte dem Geräusch und entdeckte hoch oben im Geäst des Walnussbaums eine kleine Katze, die sich in Todesangst dorthin geflüchtet hatte.

Max liebte Katzen und hatte sich jedes Jahr aufs Neue zu Weihnachten ein Kätzchen gewünscht. Aber der Vater mochte diese Eigenbrötler nicht. Sie waren ihm zu dickköpfig, gehorchten nicht, zerkratzten Möbelpolster. Er machte ihnen zum Vorwurf, dass sie auf dem Schoß verführerisch schnurrten und sich damit ins Herz ihrer Besitzer schlichen, doch kaum waren sie draußen in der Natur, wurden sie zum Killer. Sie geisterten durch die Landschaft und töteten zum Spaß Mäuse, Frösche, junge Hasen, Eidechsen und räumten Vogelnester aus. So eine Bestie kam ihm nicht ins Haus, und im Wald hatte er schon so manche Wildkatze abgeschossen.

Max näherte sich jetzt behutsam dem Baum, vermied jede hastige Bewegung und sprach besänftigend auf das verängstigte Tier ein. Das Kätzchen folgte ihm mit den Augen und miaute herzergreifend, ohne sich von der Stelle zu rühren. Weder gutes Zureden noch eine Schale Milch verleitete es, den Ast zu verlassen. Da holte Max die wackelige Leiter aus dem Schuppen. Er kletterte nach oben und erreichte auf Zehenspitzen stehend mit den Händen den untersten Ast. Mit einem gekonnten Klimmzug zog er sich hinauf, wobei er mit dem Fuß gegen die Leiter stieß, die krachend umfiel. Jetzt kauerte er wie die Katze auf dem Baum und musste warten, bis Hilfe kam.

Unvermutet kehrte der Vater früher heim als die Mutter. Als er Max dort hilflos hocken sah, schüttelte er sich vor Lachen, dass ihm beinahe die Pfeife aus dem Mund fiel.

»Da hast du dir aber was Schönes eingebrockt!«

Er bückte sich, um die Leiter wieder aufzustellen, als er das Miauen des Kätzchens vernahm.

»Ach so. Mein Sohn als Samariter«, neckte er ihn. »Na, dann sieh mal zu, wie du da wieder runterkommst.«

Er wandte sich zum Gehen.

»Bitte, Vater, bitte hilf mir.«

»Na gut. Soll ich die Leiter wieder aufstellen oder springst du in meine Arme?«

Max überlegte. Der Vater hatte die Angewohnheit, zwei Fragen auf einmal zu stellen, um ihn zu testen. Er sollte von Anfang an lernen, die richtige Entscheidung zu treffen.

Die Leiter wieder aufzustellen, wäre die einfachste Lösung

gewesen. Aber das Angebot, in den Armen des Vaters aufgefangen zu werden, seine Nähe zu spüren, seine Wärme, war verlockend. Wenn er nicht darauf einginge, würde er ihn enttäuschen. Also entschied er sich für den Sprung, obwohl ihn die Höhe ängstigte und die brennende Pfeife im Mund störte.

Der Vater stellte sich breitbeinig auf, öffnete die Arme und nickte ihm aufmunternd zu.

»Los, spring. Ich fang dich auf. Keine Angst.«

Max sprang. Im selben Augenblick tat der Vater einen Schritt zur Seite. Max knallte mit einem Schmerzensschrei auf den Boden und schlug mit dem Gesicht auf seine Knie. Mit blutender Nase schaute er den Vater fassungslos an.

»Warum hast du mich nicht aufgefangen?«

»Habe ich dir nicht gesagt, dass du niemandem im Leben vertrauen sollst außer dir selbst? Vor allem nicht den Menschen, die du bewunderst, denn die werden dir am meisten Schmerz zufügen. Ich hoffe, das ist dir ein für alle Mal eine Lehre.«

Zu einer Umarmung von Vater und Sohn war es danach nie wieder gekommen.

* * *

Max hatte keine Angst. Jetzt nahm er Abschied von der Erde, auf der er 58 Jahre lang Gast gewesen war. Im Laufe der Zeit hatte er alles erfahren, was das Leben zu bieten hatte, hatte Höhen und Tiefen erlebt, hatte die Welt bereist, hatte Liebe empfangen und verschenkt, Reichtum erworben und verloren. Aber Lügen, Verrat und Krankheit hatten sein Leben durcheinandergewirbelt und es entwertet.

Der Sprung in den Schacht war die logische Konsequenz. Endlich. Im Fallen blickte Max zurück und je weiter er fiel, desto mehr entfernte er sich vom Leben. Die Öffnung, durch die er gestürzt war, wurde kleiner und kleiner.

Es hieß, dass die Menschen, die im Sterben gelegen und wunderbarerweise überlebt hatten, durch einen langen, dunklen Tunnel flogen, auf ein sehr helles überirdisches, nicht blendendes Leuchten zu. Je näher sie dem Licht kamen, desto geborgener fühlten sie sich. Die Gläubigen hielten es für Christus, denn ER hatte sich selbst als das Licht der Welt bezeichnet. Andere waren überzeugt, geliebte Verstorbene wiedererkannt zu haben, die am Ende des Tunnels auf sie warteten und Trost spendeten.

Die Medien hatten die Berichte über diese Nahtoderlebnisse aufgegriffen und sensationell vermarktet.

Max hatte die Diskussionen mit großem Interesse verfolgt.

Gab es also doch ein Leben nach dem Tod?

Der Vater konnte bei so einem Thema nur den Kopf schütteln.

»Und diesen Unsinn glaubst du?«, fragte er Max, der vage mit den Schultern zuckte, um einer Antwort auszuweichen:

»Junge, halt deinen Kopf frei für wichtigere Dinge. Sonst kommt es eines Tages noch so weit, dass du die Firma verkaufst, wenn ich nicht mehr bin, und gehst zum Bhagwan nach Indien zum Meditieren.«

»Aber vielleicht ist der Tod nicht der schreckliche Sensenmann, vor dem sich die Menschen fürchten, sondern der natürliche Abschied vom Leben«, versuchte Max das Sterben zu erklären, aber das ließ der Vater nicht gelten.

»Im Traum glaubt man, fliegen zu können. Jeder hat das schon mal erlebt. Beim Erwachen wird man eines Besseren belehrt. Ich will dir mal was sagen …«

Der Vater redete sich in Rage. Er liebte es zu dozieren. Er nahm dabei die Pfeife aus dem Mund und gestikulierte mit dem Pfeifenstiel in Richtung seines Gegenübers.

»Wenn du dir mit dem Hammer auf den Finger haust, siehst du Sterne. Das kann jeder bezeugen, dem das schon mal passiert ist. Nun könnten die Esoteriker und Gurus und Neunmalschlauen ja behaupten, im Hammer sei die Milchstraße und der ganze Kosmos verborgen. Im Fernsehen wird ausgiebig darüber diskutiert, Bücher werden geschrieben und verlegt, die mein Herr Sohn sich kauft und damit seine Zeit totschlägt …«

Aus dem Augenwinkel beobachtete er die Reaktion von Max, der nichtssagend ins Leere blickte, und fügte arglistig hinzu:

»… anstatt sich mit der Kostenstruktur unserer Firma vertraut zu machen.«

In diesem Augenblick kam die Mutter in den Raum und rollte bei dem letzten Satz mit den Augen.

»Mein Gott, habt ihr denn keine anderen Themen?«

Der kleine Max rollert mit seinem geliebten Teddybären auf dem Lenker über eine Wiese, wo er ein vierblättriges Kleeblatt findet.

Stolz schenkt er seinen kostbaren Fund dem Vater. Der tauscht es ein gegen einen Schulranzen, der auf seinen Schultern immer größer und schwerer wird, bis das Fahrrad zusammenbricht.

Max stellt sich an die Straße und versucht zu trampen. Alle Autos fahren vorbei, bis ein Vogel Strauß anhält und ihn auf seinem Rücken mitnimmt.

Die Mutter. Für den Bruchteil einer Sekunde dachte Max voller Liebe an sie, die sich immer schützend zwischen ihre zwei Männer gestellt hatte und stets darauf bedacht gewesen war, beiden gerecht zu werden.

Ob es Eifersucht gegeben hatte? Max verdrängte den Gedanken. Es gehörte der Vergangenheit an. Jetzt gab es Wichtigeres. Er konzentrierte sich auf den Moment. Euphorisch nahm er wahr, dass sich die Zeitungsberichte über Nahtoderlebnisse bestätigten, denn auch er flog auf der Reise in das Licht durch einen langen dunklen Tunnel. Was für eine unglaubliche Erfahrung! Alles, was er erträumt hatte, wurde Wirklichkeit. Doch dann fiel ihm plötzlich auf, er flog nicht, wie in den Aussagen beschrieben, auf ein Licht zu, sondern von ihm fort. Flog er in die falsche Richtung? War sein Flug in den Freitod ein Absturz in die Hölle? War dies die himmlische Bestrafung, die die Kirche allen Selbstmordsündern androhte?

Er verlor das Gefühl für die Geschwindigkeit und die Orientierung. Es gab kein Oben und Unten mehr, kein Raum- und kein Zeitgefühl. Plötzlich war alles anders. Es gab nur noch das Jetzt, den Augenblick.

Bis zu diesem Tag war sein Leben auf die Zukunft ausgerichtet gewesen. Nur die Kindheit war zeitlos, geschichtslos, verantwortungslos. Er nannte sie seine Traumzeit. In jenen frühen Tagen des Erwachens hatte es keine Grenzen gegeben, alles war möglich gewesen. Er konnte Zwiegespräche mit seinem Teddybären halten, mit ihm Gedanken austauschen und Pläne schmieden, die nette Kindergärtnerin in eine Prinzessin verwandeln, das Stoffkrokodil besiegen oder auf dem Besenstiel der Hexe reiten, bis hinauf zur Mondsichel.

Mit der Einschulung hatte für ihn das Erwachen und die Umpolung des Lebens begonnen. Er wurde mit einer Zuckertüte in eine Einbahnstraße gelockt und mit 30 anderen Kindern 13 Jahre lang in einen Klassenraum gesperrt. Von nun ab regierte nur noch das Morgen. Der Stundenplan schrieb vor, wann wo was zu lernen war. Zum Wohle für alles, was danach kommen würde, für den Fortschritt. Es wurde von ihm erwartet, die Zukunft in den Griff zu bekommen. Etwas Vernünftiges zu studieren. Später die Firma zu übernehmen und sie erfolgreich zu erweitern. Eine tüchtige Frau zu ehelichen, die ihm treu zur Seite stehen und mindestens zwei gesunde Kinder gebären würde, möglichst einen Sohn, um den Fortbestand und den Namen der Firma zu sichern und den gewohnten sozialen Standard zu gewährleisten.

Diese Lebensplanung war ihm eingetrichtert worden. Gegen Unfall, Krankheit und Tod waren Versicherungen abgeschlossen worden. Wer konnte schon wissen, was das Schicksal für Überraschungen bereithielt? Die Zukunft musste abgesichert sein für alle Fälle.

Gehorsam war er stets diesem Plan gefolgt. Erst Afrika hatte ihm Jahre später die Augen geöffnet und gezeigt, dass es auch Alternativen gab. In den Townships der Großstädte hatte er bittere Not kennengelernt, hatte unerträgliches Leid und brutale Kriminalität gesehen und war tief beeindruckt davon gewesen, dass die Menschen trotzdem lachten, tanzten und sangen – zu Hause, auf der Straße, bei einer Hochzeit und bei der Beerdigung.

Deshalb liebte Max diesen Kontinent und seine Menschen, wo alles anders war als dort, wo er herkam. In seiner Heimat hatten Wohlstand, Ordnung und Ruhe geherrscht. Wenn ein Hahn es wagte, bei Sonnenaufgang zu krähen, griff das Ordnungsamt ein. Ein Fest mit Musik im elterlichen Garten musste frühzeitig einer Behörde gemeldet werden und um 22 Uhr war Schluss. Wer genügend Mittel besaß, konnte ein Zelt aufstellen und durfte ein paar Stunden länger feiern. Alles war genau festgelegt.

Er fragte seinen afrikanischen Gärtner, mit dem er mittwochs nach dem Rasenmähen ein Bier trank: »Sag mal, Elton, was hast du eigentlich für eine Rentenversicherung fürs Alter?«

Der Schwarze lachte. »Boss, du denkst zu viel. Was kümmert mich morgen? Keiner weiß, was morgen ist, nicht einmal der *witchdoctor*, der Medizinmann. Vielleicht regnet es morgen. Oder die Welt geht unter, und ich bin tot. Ich will leben. Heute.«

Er holte eine kleine weiße Flöte aus seiner Hosentasche und entlockte ihr eine zauberhafte Melodie.

Max staunte. »Wo hast du die denn her?«

»Aus deinem *servant's quarter*«, sagte Elton grinsend. »Die Gardinenstange ist hohl, ich bohre ein paar Löcher rein und mach sie vorne platt, fertig ist die Flöte. Willst du auch eine? Mein Zimmer hat zwei Fenster. Stange gehört dir, Flöte gehört mir.«

Eine entwaffnende Argumentation.

In den drei Jahren, in denen Max mit seiner Familie in Afrika gelebt hatte, war dreimal bei ihm eingebrochen worden. Jedes Mal verstärkte er die Sicherheitsvorkehrungen, aber die Räuber knackten jedes Schloss.

»Die taugen nichts«, fluchte er und machte die schlechte Qualität verantwortlich. Elton hatte eine andere Erklärung: »Boss, Problem ist nicht das Schloss. Problem ist, du hast zu viel Geld. Meine Tür ist immer offen, niemand will einbrechen.«

Die Mutter schenkt dem kleinen Max einen roten Luftballon. Er freut sich, bläst ihn in Form eines Herzens auf und hebt ab. Weinend winkt sie ihm hinterher. Als der Ballon in der Luft zerplatzt, ist sie zur Stelle und fängt ihren Sohn auf.

»Entschuldige, Mama. Bitte entschuldige. Ich habe nicht aufgepasst. Hoffentlich habe ich dir nicht wehgetan. Ich bin aber auch ein Trottel. Kannst du mir verzeihen?«

»Ich habe es überlebt, Max«, sagt die Mutter lächelnd.

Max ärgerte sich über seinen übertriebenen Tonfall, in dem sonst nur Erwachsene mit Kindern reden. Marie hatte ihn schon mehrfach darauf aufmerksam gemacht, dass er mit seiner Mutter ganz anders sprach als mit ihr. Sie sei doch eine erwachsene Frau und brauche keine Belehrungen.

Doch die Mutter erriet seine Gedanken wie immer und verstand ihn. Sie lächelte beschwichtigend, er brauche sich keine Sorgen zu machen.

Sie schien Schmerzen zu haben. Immer wenn sie die Bandscheibe plagte – und das tat sie seit vielen Jahren –, stand sie da wie ein Marabu mit weit vorgebeugtem Kopf auf einem dünnen, faltigen Hals. Früher muss sie eine sehr schöne Frau gewesen sein. Max erinnerte sich an alte Fotos, da war sie eine Eva gewesen mit langen blonden Haaren, die den Vater bezirzt hatte, eine Venus, die Göttin der Liebe. Nie war sie eine göttliche Hera gewesen, die über das Herdfeuer wachte, und das Jagen hatte sie der Diana und ihrem Mann überlassen.

Für Max war sie die Urmutter, die ihn geerdet hatte, die für alle seine Torheiten Verständnis gezeigt und ihm die Irrwege, die er gegangen war, verziehen hatte.

Ihr schneeweißes Haar war zu einem eleganten Knoten im Nacken gebunden, sie war dezent geschminkt, und ihre Perlenkette flatterte im Fallwind. »Es sind echte Perlen«, hatte sie stets betont, »keine Zuchtperlen von Mikimoto.« Sie hatte zahlreiche Redensarten in ihrem Repertoire, die sie gern zitierte. Fröstelnd zog sie die Schultern hoch und ließ ihren Lieblingsspruch los, sobald jemand die Fensterscheiben im Auto öffnete oder die Klimaanlage anstellte: »Mein Gott, es zieht hier wie Hechtsuppe.«

Max lachte.

Er verehrte seine Mutter. Sie war zärtlich, warmherzig und hatte versucht, ihm all die Liebe zu schenken, die sie in ihrer Ehe vermisste und die der Vater nicht fähig oder nicht gewillt war zu geben. Sie wollte dazu beitragen, dass ihr Sohn ein erfülltes, glückliches und selbstbestimmtes Leben haben würde, ein Leben, in dem er sich selbst gehörte und in dem er sich wiedererkennen würde. Sie wollte ihm zeigen, dass es auf der Welt anderes gab als die Kunst der Gewinnmaximierung – für ihren amusischen Mann das Einzige, worauf es ankam. Er sollte die Vielfalt der Möglichkeiten kennenlernen, bevor er unter den Problemen des Alltags in der Firma begraben würde.

Sie versuchte ihn für die Malerei zu begeistern. Anfangs verlief das Experiment mit dem Tuschkasten vielversprechend. Bis Max dem Vater eines Tages stolz das Porträt seiner Jagdhündin präsentierte.

»Der sieht ja aus wie ein Dackel«, war sein Kommentar, und schon war es aus mit der Malerei.

»Ich kann nicht *ähnlich* malen«, maulte Max.

Die Mutter versuchte ihn zu trösten.

»Du hast recht. Für den Realismus ist die Fotografie viel besser geeignet.«

»Aber was soll ich dann malen?«

»Mal deine Träume. Die kann man nicht fotografieren.«

Max folgte ihrem Rat und fühlte sich verstanden. Bis er in der Schule von seinem Zeichenlehrer aufgefordert wurde, seine Fantasien zu vergessen und realistisch zu malen. Abstrakt könne er später immer noch werden.

Die Mutter sitzt mit Max am Flügel, sie spielen vierhändig. Sie lächelt. Es klingt schön. Er erwischt einen falschen Ton, sie nickt ihm aufmunternd zu. Plötzlich hebt und senkt sich der hochgestellte Deckel des Instruments im Takt der Musik. Beide wiegen sich in der Melodie, heben ab und fliegen davon.

Die Mutter liebte das Klavierspielen. Sie vertiefte sich in die Musik und konnte dabei den Alltag mit seinen großen und kleinen Problemen vergessen. Verständlich, dass sie diese Kunst auch ihrem Sohn nahebrachte, nicht durch Drill, nicht als Dressur durch Läufe und Tonleiterübungen rauf und runter, wie sie es einst erlernt hatte, sondern spielerisch.

Sie setzte sich gern ans Klavier und spielte Chopin oder Schumann, wenn Max in der Nähe war. Sie wusste, es würde nicht lange dauern, bis er sich neben sie auf den Klavierschemel hockte, sich an sie schmiegte und lauschte. Gelegentlich passierte es, dass er in ihr Spiel eingriff und mit beiden Händen wahllos auf die Tasten hämmerte. Sie ließ ihn, und wenn er sich ausgetobt hatte, nahm sie seine Hand in ihre und spielte mit seinem Zeigefinger ein hübsche Kindermelodie.

Das war der Anfang. Kurz darauf ertappte sie Max dabei, dass er sich heimlich, wenn er glaubte allein zu sein, ans Klavier setzte und das Geheimnis der 52 weißen und 36 schwarzen Tasten erforschte. Und es dauerte nicht lange, dann fragte er sie, ob sie ihm das Klavierspiel richtig beibringen könne. Sie drückte ihn fest an sich und meinte: »Das wollen wir doch mal sehen.«

Max brannte, er war begeistert und fieberte den täglichen 30 Übungsminuten entgegen, die sie ihm einräumte. Mehr nicht. Die Muskulatur dürfe in seinem Alter nicht überfordert werden, sagte sie. Sie legte Wert darauf, dass die Klavierstunde kostbar blieb.

Schon bald fand sie heraus, dass Max Talent hatte und große Fortschritte machte. Er erlernte schnell die Grundbegriffe der Harmonie, und statt vorgeschriebene Etüden aus dem Lehrbuch zu wiederholen, erfand er eigene kleine Kompositionen. Sein Anfangsenthusiasmus schlief nicht etwa ein, sondern wuchs beständig. Deshalb bescherte sie ihm zum Eintritt ins Gymnasium einen Steinway-Flügel. Max war überglücklich, nur den Vater brachte dieses kostbare Geschenk auf die Palme.

»Der Junge soll später ein Unternehmen leiten und kein brotloser Klimperheini werden. Die Straßen sind gepflastert mit begabten und arbeitslosen Musikern.«

»Der Flügel bleibt«, entschied die Mutter knapp. »Das ist das Geringste, was ich für ihn tun kann.«

Zu Max' Überraschung erfolgte kein weiterer Widerspruch.

Es gab noch etwas, das die Mutter und Max vereinte, das war die Literatur. Schon als kleines Kind hatte sie ihm jeden Abend vor dem Schlafengehen eine Geschichte vorgelesen, *Räuber Hotzenplotz, Na warte, sagte Schwarte, Die kleine Raupe Nimmersatt, Grimms Märchen.* Immer, wenn es am spannendsten war, hatte sie unterbrochen und damit erreicht, dass er am nächsten Abend freiwillig ins Bett ging, um zu erfahren, wie es mit den Abenteuern weiterging.

Als er in die Schule kam, erlernte er im Handumdrehen die Kunst, selbst zu lesen, und war sehr glücklich darüber. Jetzt konnte er zu den Sternen fliegen, in fremde Köpfe schauen und mit den Toten reden. Er konnte sich mit Tieren, Engeln und Verbrechern unterhalten. Er konnte seine eigenen Ängste und Erfahrungen mit denen der Buchhelden vergleichen. Zu Weihnachten bekam er eine Mitgliedschaft in einem Buchclub geschenkt, wo er nach Herzenslust alle Bücher erstehen konnte: *Tom Sawyer und Huckleberry Finn, Robinson Crusoe, Oliver Twist.* Später radelte er mit Heinz Helfgen *um die Welt*, tauchte mit Jules Verne *20 000 Meilen unter das Meer*, litt mit *Krambambuli*, verschlang *Emil und die Detektive.* Sein Lieblingsbuch war das *Wilhelm-Busch-Album*, in dessen Texten so viel Humor und Lebensweisheit steckte und dessen kleine gekonnte Zeichnungen ihn zur Nachahmung anregten. Sie gefielen ihm besser als *Donald Duck* und *Superman.*

Der Vater missbilligte seine Hobbys als nutz- und zwecklose Zeitvertreibe. »Vom Lesen wird man nicht satt«, sagte er. Bei seinen Freunden wurde Max jedoch immer beliebter, weil er so viele tolle Geschichten zu erzählen hatte.

Die Liebe zur Literatur und zur Musik verdankte er seiner Mutter, das wusste er.

Die Familie geht im Schatten einer alten Eichenallee spazieren. Max hüpft jubelnd Hand in Hand zwischen den Eltern. Als der Weg sich gabelt, biegt der Vater nach links ab, die Mutter nach rechts. Da keiner von beiden loslässt, werden die Arme von Max lang und länger.

»Ich habe ewig nichts von dir gehört, mein Junge, geht es dir gut?«

Max verdrehte die Augen. Immer war sie um ihn besorgt.

»Pass auf dich auf. Ich habe Marie gebeten, darauf zu achten, dass du dich gesund ernährst. Du frühstückst ja nie und gehst mit leerem Bauch in die Firma. Kein Wunder, dass du Magenprobleme hast. Und zieh dich warm an, sonst erkältest du dich. Denk an deine empfindlichen Ohren. Und pass gut auf den Brief auf, den ich dir geschrieben habe.«

Max hörte einfach weg. War sie so überfürsorglich, weil er Einzelkind war? Als Zehnjähriger hatte er sie mal gefragt, warum er keine Geschwister hatte. Er erinnerte sich genau an ihre Reaktion, weil sie zu weinen begann. Das hatte er noch nie bei ihr gesehen. Sie streichelte ihn und schluchzte:

»Ach, weißt du, mein Junge, der Klapperstorch …«

Max wand sich unbeherrscht in ihren Armen. »Hör doch auf, Mama. Ich bin doch kein Baby mehr. Der Klapperstorch frisst Frösche und legt Eier, aber er bringt keine Kinder. Das kannst du deiner Oma erzählen.«

Die Mutter nickte betroffen. »Entschuldige, mein Schatz. Ich vergesse manchmal, wie groß du eigentlich schon bist. Tja, wie soll ich dir das erklären? Weißt du, Vater und ich, wir waren eigentlich von Anfang an nur mit der Firma verheiratet. Die Firma war unsere Familie, unsere Großfamilie. Wir hielten es für unsere Pflicht, uns um die Angestellten zu kümmern. Es gab so viele Probleme nach dem Krieg. Dich nahm ich damals einfach mit ins Büro. Du lagst im Kinderwagen neben meinem Schreibtisch, und wenn du aufwachtest, Hunger hattest oder die Windeln voll war, war ich für dich da. Ich war immer für dich da. Aber für ein zweites Kind wäre kein Platz gewesen.«

Heute wusste Max, dass das gelogen war oder zumindest nur eine Halbwahrheit, seitdem er ihren Brief gelesen hatte, den er jetzt in der Innentasche seiner Jacke trug. Im Laufe der Jahre hatte er wiederholt versucht herauszufinden, was der eigentliche Grund war. Aber die Mutter hatte sich ins Vergessen geflüchtet. Sie wollte sich nicht erinnern. In der Alzheimer-Krankheit fühlte sie sich geborgen, die Demenz bot ihr Schutz vor der Vergangenheit.

Trotzdem war Max klar, dass die Eltern eine unglückliche Ehe geführt hatten. Warum hatten sie überhaupt geheiratet? Sie waren so verschieden. Stimmte das Sprichwort *Gegensätze ziehen sich an*? Oder doch eher der Kalauer: *Gegensätze ziehen sich aus*?

Der Vater war ein erfolgreicher Unternehmer gewesen mit juristischem Hintergrund. Seine Bibel waren das BGB und das Strafrecht. Innerhalb dieser Rechtsordnung fühlte er sich zu Hause. Die Mutter war anfangs die unersetzbare Sekretärin gewesen, tüchtig und zuverlässig, die niemals wegen Krankheit fehlte, die sich an jedes Detail erinnerte und immer alles wusste, die seine Wünsche und Aufträge erfüllte, bevor er sie formulierte.

Steckte also mehr hinter dieser Zusammenarbeit? Hatten die beiden ein Verhältnis? Mussten sie heiraten? Seinetwegen? Warum trennten sie sich nicht, als es offensichtlich wurde, dass die Ehe gescheitert war? Geld war doch mehr als genug vorhanden.

Was war der Grund, dass sie so oft miteinander stritten? Max hatte häufig den Wortduellen gelauscht, mal zufällig, mal heimlich. Aber zu keinem Zeitpunkt hatte er herausbekommen, was der Anlass für die Auseinandersetzung war. Es wurde nie laut. Keiner von beiden schrie den anderen an. Hinter verschlossenen Türen wurden die geflüsterten Anschuldigungen zu versteckten und gefährlichen Drohungen.

Mit zunehmendem Alter hatte Max sich gewünscht, sie würden den Streit offen austragen. Ein Wutanfall hätte die Luft reinigen und den Blutdruck senken können. Man hätte vergeben und vergessen können. Aber nicht so bei den Eltern. Der einzige Begriff, der immer wiederholt wurde und sich deshalb in sein Gedächtnis grub, war das *Patent*. Eigentlich war nichts Geheimnisvolles an diesem Wort, schließlich war der Vater Patentanwalt. Aber nachdem die Mutter aus der Firma ausgeschieden war, hatten sich die Eltern selten über Geschäftliches unterhalten. Wenn sie bei Tisch gelegentlich nachfragte, wie es im Unternehmen so liefe, wurde sein Tonfall sofort aggressiv:

»Das geht dich nichts an. Mach du deinen Kram, von dem ich nichts verstehe, und lass mich meine Dinge erledigen, von denen du keine Ahnung mehr hast.«

Die Mutter betrieb neuerdings ein hübsches Antiquitätengeschäft mit einer kleinen Kunstgalerie in der Stadt. Die kurzen Öffnungszeiten an drei Wochentagen erweckten beim Vater Zweifel an jedwedem Erfolg. Das sei ein teures Luxushobby und kein lukratives Geschäft, hatte er gespöttelt, aber wenigstens nichts dagegen unternommen. Für ihn war moderne Malerei kindisches Gekleckse, und er hatte wenig Verständnis für Menschen, die dafür Geld ausgaben, um ihren Freunden zu beweisen, wie modern oder wie vermögend sie waren.

Die Mutter verteidigte ihre kleine Galerie und insbesondere ihre Künstler.

»Künstler sehen die Welt eben mit anderen Augen als du. Das muss man doch akzeptieren.«

Der Vater schüttelte verständnislos den Kopf, und am nächsten Tag hängte er alle Bilder im Schlafzimmer hochkant auf.

»Was soll das denn jetzt?«, fragte die Mutter irritiert.

»Ich schlafe immer auf der Seite ein. Das ist meine Sicht auf die Welt. Muss man doch akzeptieren …«

Vaters Pfeife raucht. Vaters Jagdgewehr raucht. Vaters Fabrik-schornsteine rauchen.

Ein unangenehmer Duft zieht an Max vorbei, der einen Würgereiz in ihm auslöst. Es riecht nach Schwefel, nach faulen Eiern und erinnert ihn an die Stinkfrucht Durian, die der Vater so liebte. »Schmeckt wie im Himmel«, urteilte er, »aber stinkt wie Hölle.«

War das schon der Hauch der Unterwelt? Irgendwie kam ihm der Mief bekannt vor, aber er hatte ohnehin keinen ausgeprägten Geruchssinn. Schon als Kind hatte der Vater über ihn gewitzelt, als Jagdhund würde er ihn abgeben oder erschießen.

»Der Junge hat kein Näschen für die Jagd«, sagte er zweideutig zu der Mutter.

»Das kann ich verstehen«, antwortete sie, »das hat er von mir. Ich konnte mich ja auch noch nie dafür begeistern.«

»Dem Rehrücken auf dem Teller bist du aber nicht abgeneigt.«

»Das stimmt. Es ist vielleicht nicht konsequent. Aber schlachten könnte ich kein Tier.«

»Schießen ist ja auch nicht schlachten. Die Jagd ist Sport. Ein großer Unterschied.«

Die Mutter zögerte.

»Ach, ihr schießwütigen Männer! Wenn es mehr Frauen an der Macht gäbe, hätten wir weniger Waffen, und die Welt sähe anders aus. Es gäbe keine Kriege, die nur Verlierer kennen und immer mit Tod und Elend und Ruinen enden.«

»Und mit Wiederaufbau«, ergänzte der Vater mit erhobenem Zeigefinger. »Ohne den Zweiten Weltkrieg wäre ich noch heute ein gewöhnlicher Patentanwalt in einer kleinen Kanzlei. Stell dir das doch einmal vor: Wir säßen in einer Etagenwohnung, und statt unserer komfortablen Limousine hätten wir im Heizungskeller ein Fahrrad stehen, mit dem ich morgens zur Arbeit radelte. Täglich ab acht Uhr würde ich für fremde Menschen über fremden Akten schwitzen und pünktlich nach acht Stunden zurück nach Hause fahren. Nach dem Abendessen würde ich mit einer Flasche Bier und Kartoffelchips fernsehen. Und in den Sommerferien würden wir statt nach Italien an die Ostsee fahren, im Strandkorb hocken oder Muscheln sammeln, die ich als Aschenbecher benutzen soll, und du würdest endlos Fotos von uns knipsen, die keiner sehen will.«

»Wäre das denn so schlimm? So leben doch die meisten Menschen.«

»Aber nicht die, die eine Kunstgalerie betreiben, in einer Villa mit Haushälterin und Gärtner residieren und zwei nagelneue Autos in der Garage stehen haben. Die über Weihnachten in Sankt Moritz Ski fahren und gelegentlich um die Welt jetten.«

»Ich könnte leicht auf all das verzichten«, sagte die Mutter in sich gekehrt und fügte nach einer kleinen Pause hinzu: »Wenn wir das Patent nicht ...«

Eine Siegerehrung findet vor großer Kulisse statt: Dreimal steht der Vater auf dem Gewinnertreppchen. Ganz oben im Nadelstreifenanzug und mit Krawatte, unter dem Arm eine schwere Aktentasche; auf dem zweiten Platz in Jägeruniform mit Gamsbart am Hut und Flinte; auf dem dritten Platz in bequemer Hausweste mit Pfeife und Cognacschwenker.

Sein Leben lang hatte Max im Zwiespalt gesteckt. Einerseits hasste er den Vater für seine Intoleranz anderen Meinungen und Verhaltensweisen gegenüber, für seine Besserwisserei, seine Strenge, seinen Zynismus und seine Herzenskälte. Er nahm sich vor, niemals so zu werden wie er.

Aber es gab auch Lichtblicke. Niemals würde er den letzten Schultag vor den Sommerferien vergessen, den Tag, an dem die Zeugnisse verteilt wurden.

Max hasste diese ultimativen Bewertungen. Auf einer einzigen Seite wurden alle Leistungen mathematisch in Zahlen von Eins bis Sechs erfasst: das Benehmen, das Bemühen, die Aufmerksamkeit, die Erfolge und die Abstürze, selbst seine Anwesenheit und sein Fehlen im Unterricht. Oft fühlte er sich ungerecht beurteilt.

Einmal hatte er große Mühe und viele Stunden investiert, um ein Gedicht zu interpretieren. Leider traf seine Meinung nicht die des Deutschlehrers, der seine eigene Sicht für die einzig richtige hielt. Die Note fiel dementsprechend mäßig aus und beeinflusste die Gesamtbeurteilung in diesem Fach. Max' Aufsätze hätten einen romantischen Zug, hieß es im Kommentar, er solle sich sachbezogen äußern.

Im Mathematikunterricht wurde ausschließlich das Endergebnis gewertet. War es falsch, war er durchgefallen. Max reklamierte, dass er zwei Drittel des Weges richtiggelegen hatte und nur ganz am Ende einer falschen Formel aufgesessen sei. Aber das zählte nicht.

Der Physiklehrer war ein Materialist. Für ihn musste alles messbar, erklärbar sein. Selbst Gott war für ihn ein Physiker. Einmal hatte Max gewagt, dem Lehrer zu widersprechen, seitdem war er unten durch.

Seine Lieblingsfächer waren Philosophie und Ethik, die er anstelle von Religion gewählt hatte. Sie galten nur als Nebenfächer, aber Max fand sie faszinierend. Hier durfte er radikal alles in Zweifel ziehen. Nichts galt als gesichert. Die philosophischen Diskurse, Gespräche und Fragestellungen gaben ihm mehr Orientierung in seinem jungen Leben, als den lateinischen Tacitus ins Deutsche zu übersetzen.

Als sie über Kant sprachen, notierte er sich vier Fragen, die der Philosoph gestellt hatte. Max hängte sie über seinem Bett auf, weil sie ihm so gut gefielen.

Was kann ich wissen?

Was soll ich tun?

Was darf ich hoffen?

Was ist der Mensch?

Die wichtigste Frage aber, die er sich selbst stellte, war: *Was ist der Sinn des Lebens?*

Max' Vater hielt diese Diskussionen für Zeitverschwendung. Philosophen waren in seinen Augen Wortakrobaten, die keiner verstand. Er regte sich auf, wenn im Zeugnis eine Vier im Turnen stand, aber über eine Eins in Ethik verlor er kein Wort.

Max träumte davon, nach der Schule Philosophie zu studieren – neben dem Jura- oder BWL-Studium. Aber das musste er dem Vater ja nicht auf die Nase binden.

Nachdem die Schüler in die Sommerferien entlassen waren, folgte das Spießrutenlaufen zu Hause. Der Vater machte es sich in seinem Ohrensessel bequem, schenkte sich einen Cognac ein, zündete seine Pfeife an und schlug die Beine übereinander. Nun musste Max antreten und ihm das Zeugnis überreichen.

»Dein Deutsch ist verbesserungswürdig«, mäkelte der Vater. »Wenigstens im Mündlichen musst du dich mehr anstrengen. Schließlich wirst du später vor versammelter Mannschaft in der Firma Reden schwingen müssen. Früh übt sich!«

Was die Mathematik betraf, hatte er jedes Jahr den gleichen Scherz parat:

»Vergiss die Formeln. Wichtig ist, du weißt, dass 2 + 2 nicht 4 ist, sondern im Einkauf 3 und im Verkauf 5.«

Dann lachte er über seinen eigenen Witz und erwartete, dass alle anderen im Raum in sein Gelächter einfielen.

Bevor er auf die Physiknote zu sprechen kam, fiel sein Blick auf den Kommentar am Ende der Seite: *Max wurde für das kommende Schuljahr zum Schulsprecher gewählt.*

Der Vater war verblüfft. Er setzte seinen Cognacschwenker ab und legte die Brille beiseite.

»Das ist … das ist ja großartig. Warum hast du mir nichts davon erzählt?«

Er erhob sich und streckte ihm die Hand zur Gratulation entgegen. Max war irritiert durch diese überraschende Geste.

»Ich … ich …«

»Mein Sohn – der Schulsprecher!«, rief der Vater und verzichtete ausnahmsweise einen Moment lang auf seine Pfeife. Diese Auszeichnung hatte er Max nicht zugetraut. Er hatte ihn eher für einen stillen Mitläufer gehalten, schüchtern, fast gehemmt. Kein Alphatier, das andere Menschen überzeugen und mitreißen konnte.

Hatte er ihn falsch eingeschätzt? Lag seine Kraft in der Stille? Plötzlich sah er ihn mit anderen Augen.

»Großartig! Was für eine Nachricht! Unser Max ist Schulsprecher! Gewählt von fünfhundert Mitschülern!«

Er konnte es nicht oft genug wiederholen. Aus dem Gläserschrank holte er zwei Champagnerkelche.

»Auf dieses Ereignis müssen wir anstoßen. Max, ich bin richtig stolz auf dich.«

Von diesem Lob zehrte Max lange, denn trotz aller Schwierigkeiten und Differenzen war und blieb ihm der Vater ein Vorbild. Er bewunderte ihn für die einmalige und erstaunliche Erfolgsgeschichte, die er nach Ende des Krieges geschrieben hatte.

Er hatte sie oft gehört, denn der Vater erzählte sie gern, wenn ein Firmenjubiläum anstand, ein neuer Umsatzrekord gefeiert oder ein neues Zweigwerk in der Welt eröffnet wurde.

»Aller Anfang ist schwer«, begann er regelmäßig seine Reden und erinnerte die Zuhörer daran, wie es damals nach 1945 gewesen war.

»Ich reiste mit der Eisenbahn, dritter Klasse. Es fuhren nur wenige Züge. So manche Nacht verbrachte ich im Wartesaal auf der Holzbank, um gleich am nächsten Morgen einen neuen Kunden zu gewinnen oder die Banken um einen Kredit zu bitten.«

Er erzählte, dass die erste Industriemaschine, die sich die Firma leisten konnte, in einer ungeheizten, ausgebombten Schule aufgestellt worden war. Mehrmals drohte das Unternehmen zu scheitern, aber keiner der 20 Mitarbeiter dachte daran, aufzugeben, am wenigsten der Vater.

»Das ist wie Muskeltraining«, sagte er, »man muss weitermachen, egal, wie weh es tut. Ich hatte ein Vorbild, das war mein Großvater. Er war damals aus Schlesien gekommen, um sein Glück in Berlin zu versuchen. 1880 fuhr er durch das Brandenburger Tor mit seinem eigenen Wagen.«

An dieser Stelle machte er immer eine kleine Kunstpause, um festzustellen, wer ordentlich zuhörte und merkte, dass es zu jener Zeit noch gar keine Autos gegeben hatte.

»Der Wagen«, fuhr er grinsend fort, »war ein Bollerwagen, auf dem sein gesamtes Hab und Gut verstaut war und der von einem Hund gezogen wurde. Der Großvater war tüchtig und ehrgeizig. Sein Instinkt war ebenso scharf wie seine Augen. 20 Jahre später hatte er es geschafft und war ein gemachter Mann. Aber dann kam der Erste Weltkrieg, später die Inflation, und sein ganzes Lebenswerk war wieder vernichtet.«

Meistens ging ein Raunen durch die Reihen der Zuhörer, die dankbar dafür waren, dass die Firma heute ein gesundes Unternehmen mit weltweit vielen Tausend Mitarbeitern war.

Für den Schluss seiner Ansprachen hatte der Vater ausnahmslos seinen Lieblingssatz parat:

»Ehrliche Arbeit zahlt sich aus.«

Die Mutter hatte ihn einmal auf diesen Satz angesprochen und vorgeschlagen, das Adjektiv wegzulassen.

»Was hast du gegen das Wort *ehrlich*?«, knurrte er. »Ich bin ein ehrlicher Kaufmann. Bezahle ehrlich meine Steuern. Ich lasse mir nichts zuschulden kommen und bringe auch so meinem Sohn bei, dass ehrlich am längsten währt. Was willst du also?«

»Du weißt, was ich meine. Oder muss ich dich erst erinnern, dass …«

»Still! Fang bitte nicht schon wieder mit dieser alten Sache an. Das ist Schnee von gestern. Niemand will etwas davon wissen. Schlafende Hunde soll man nicht wecken.«

Sie sah ihn traurig an. »Aber … *aber* …«

»Ich bin Patentanwalt«, sagte er mit eiskalter Stimme, »und du bist meine Frau. Mitgefangen, mitgehangen. Vergiss das nie.«

Die Mutter schluckte. Sie wollte etwas erwidern. Sie sprang auf, schnappte sich seinen Aschenbecher und schmetterte ihn auf den Boden. Mit hochrotem Kopf stürzte sie aus dem Zimmer und knallte die Tür so laut hinter sich zu, dass die Gläser im Geschirrschrank klirrten.

Max fragte verwundert: »Was hat sie denn?«

»Ehrlich gesagt, das weiß ich auch nicht«, log der Vater und stopfte seine Pfeife.

Max blättert in einem Schulbuch und findet als Lesezeichen ein Notenblatt. Die Köpfe der Noten sind die Köpfe der Beatles.

Max saß am Schreibtisch in seinem Zimmer und büffelte Mathe für die anstehende Klausur. Ihm brummte der Schädel. Luft! Er öffnete das Fenster, und ein plötzlicher Windstoß fegte all seine Papiere durch den Raum. Fluchend sammelte er sie vom Boden auf und versuchte sie wieder zu ordnen.

Mathematik war nicht gerade sein Lieblingsfach. Sein Lehrer wurde nicht müde, den Schülern einzutrichtern, dass Mathematik die Sprache der Götter sei. Mit ihrer Hilfe könne man die Welt, in der wir leben, erklären und ihre Geheimnisse entziffern. Trotzdem war Max die Logik, die angeblich hinter den Zahlen steckte, fremd geblieben und ihre Sprache eine Fremdsprache.

Sein Spezialgebiet war die Musik. Hier kannte er sich aus, und er scheute keine Ausgabe, um immer auf dem neuesten Stand zu sein. »All You Need Is Love« tönte es vom Plattenspieler: die Beatles. Verträumt legte er den Füller aus der Hand, drehte die Lautstärke hoch und summte mit.

Plötzlich, ohne anzuklopfen, stürmte der Vater ins Zimmer.

»Was ist denn das für ein Lärm?! Dabei kann ja kein Mensch lernen. Stell bloß das Geplärre ab.«

Sein Blick fiel auf die aufgeschlagenen Bücher.

»Wenn du morgen die Mathearbeit versaust, wirst du die zwölfte Klasse mit ziemlicher Sicherheit wiederholen müssen. Das ist dir hoffentlich klar?«

Max nickte.

»Ich höre schon das Getuschel hinter meinem Rücken: ›Der Junior hat leider nicht das Format des Chefs.‹«

»Beruhige dich, Vater, ich schaff das schon.«

»Und geh mal wieder zum Haarschneider. Mit deinen langen Fransen komm mir bitte nicht in die Firma.«

»Warum nicht? Ist modern. Selbst die Beatles …«

»Was interessieren mich diese englischen Tunichtgute aus Manchester?«

»Liverpool, Vater, die Beatles kommen aus Liverpool.«

»Meinetwegen, dann eben aus Liverpool, dem englischen Ruhrgebiet. Vermutlich sind sie Bergarbeiterkinder, die nie beim Militär gedient haben. Sonst hätten sie einen gepflegten Kurzhaarschnitt und würden nicht solche Schnulzen ausposaunen. ›Alles, was der Mensch braucht, ist Liebe.‹ Pah! Zum Leben reicht das nicht aus.«

»Aber es ist schön, Vater.«

»Papperlapapp. In erster Linie braucht der Mensch Arbeit, damit er die Miete bezahlen kann und Kleidung und Essen und Kohlen zum Heizen und Kochen, und ein Auto oder zumindest ein Fahrrad und, und, und. Danach hat er vielleicht Zeit für die Liebe.«

Es kam nicht oft vor, dass Max dem Vater widersprach, dafür hatte er zu viel Respekt vor ihm, aber so wollte und konnte er das nicht stehen lassen. Ohne an die Konsequenzen zu denken, platzte es aus ihm heraus: »Nur Materialisten denken wie du. Wir alle wissen, dass du es bist, der am besten versteht, wie man ein Unternehmen führt, das spricht dir niemand ab. Aber von der Liebe, Vater, von der Liebe hast du keine Ahnung. Und jetzt lass mich bitte wieder allein, ich muss lernen.«

Der Vater lächelte halb arrogant, halb betroffen, stellte den Plattenspieler ab und verließ wortlos das Zimmer.

*D*ie Beatles tauchen neben Max auf. John Lennon, Paul McCartney, Ringo Starr und George Harrison grinsen Max frech an. John legt die Vinylschallplatte wieder auf und dreht sie auf volle Lautstärke.

»My Dad is like yours. Er kann unsere Musik nicht ausstehen, aber das Geld, das wir damit verdienen, das findet er great.« Und mit einigem Stolz fügt er hinzu: »Übrigens, der Text von diesem Song, der ist von mir.«

Love, love, love.

All You Need Is Love.

Sie wollen sich totlachen.

»Schschsch … nicht so laut, sonst kommt mein Vater zurück.«

Max legt den Zeigefinger auf die Lippen. »Aber ich finde es toll, dass ihr hier seid. Danke für den Besuch.«

»Wir sind schon zum zweiten Mal in Deutschland. Vorher waren wir in Hamburg«, sagt Ringo.

»Yeah, das war great. Starclub auf der Reeperbahn!«, ergänzt Max.

»Eine dufte Zeit«, findet auch John. »Damals kannte uns noch kein Schwein. Wir waren keine Stars, wir waren alle Kumpels, Exis, Mods, Teds und Rocker.«

»Später waren wir Gefangene unseres Erfolgs. Leider«, fügt George hinzu.

»Warum?«

George zuckt mit den Schultern, er will nicht an die Zeit erinnert werden, als er schwer krank war.

»Wie geht es dir jetzt?«, fragt Max.

»Heute geht es mir besser. Aber damals mein Leberkrebs war

Scheiße. Gegen so was hilft weder Ruhm noch Geld. Ich bin 2001 regelrecht verreckt.«

George redet weiter wie zu sich selbst. »Ich hätte es so machen sollen, wie du es vorhast. Ich hätte rechtzeitig in so einen Schacht springen sollen, das hätte mir viel erspart. Aber dazu hatte ich nicht den Mut.«

John mischt sich ein.

»Mir ist Gott sei Dank so ein Ende erspart geblieben. Du weißt wahrscheinlich, dass ich in New York von einem Verrückten erschossen wurde. Das ging schnell.«

Max nickt und erinnert sich an die weltweite Trauer über den feigen Mordanschlag. Er bewundert John, der der Auffälligste und Frechste unter den Beatles ist, der sich politisch engagiert und oft genervt ist von den immergleichen Fragen der Presse. »Wenn Sie mir eine kluge Frage stellen, dann bekommen Sie auch eine gute Antwort«, sagt er einem Journalisten ins Gesicht.

Max kennt diese berühmt gewordene Provokation, er weiß alles über die Beatles. Er liebt den Schuppen in der Großen Freiheit 39 im Stadtteil St. Pauli und ist öfter heimlich dort gewesen, hauptsächlich weil seine Eltern den Star-Club ablehnten. Es geht dort laut und lustig zu, Dreißig-Watt-Vox-Verstärker beschallen den ehemaligen Kinosaal, und der Eintritt kostet nur zwei Mark. Um 22 Uhr kommt regelmäßig der Jugendschutz und räumt auf.

»Trefft ihr euch noch manchmal?«, will Max jetzt wissen, aber die Musik ist zu Ende. Die Diamantnadel kratzt über den Lack der Platte, die sich endlos um sich selbst dreht.

Die Körper der Beatles werden transparent und lösen sich auf wie der Tabakrauch aus der Pfeife des Vaters.

* * *

Der Qualm brannte höllisch in Max' Augen.

»Hau ab, das ist Tränengas!«, schrie eine junge Frau, die sich schützend ein Taschentuch vor die Augen hielt und halb blind mit Max zusammenstieß. Polizeisirenen zerrissen die Nacht, Schüsse fielen, Schmerzensschreie vermischten sich mit unverständlichem Gedröhne aus einem Megafon. Tausende Kehlen skandierten *Ho Ho Ho Chi Minh*. Max stürzte zu Boden. Fliehende Menschen sprangen über ihn hinweg. Er versuchte sich wieder aufzurappeln. Fiel erneut. Ein Schlag auf den Kopf nahm ihm das Bewusstsein. Irgendwann später erwachte er in einer Gefängniszelle, umringt von einer Gruppe Unbekannter, die aufgeregt miteinander diskutierten und ihn nebenbei misstrauisch beäugten.

Sein ganzer Körper schmerzte, mühsam richtete er sich auf, klopfte sich den Staub aus dem Anzug und rückte seine Fliege gerade.

»Ich heiße Max«, stellte er sich vor, weil ihm nichts anderes einfiel.

»Rudi«, erwiderte ein junger Mann, der einen weißen Kopfverband mit Blutspuren trug.

»Der berühmte Rudi«, ergänzte sein Nachbar, »Rudi Dutschke.«

Er tupfte mit dem Finger auf sein T-Shirt: »Und das hier ist Che Guevara. Kennst du den?«

Max schüttelte den Kopf.

»Dann wird es aber Zeit.«

»Und der da draußen liegt, das ist Benno Ohnesorg. Seitdem der totgeschossen wurde, kennt ihn jeder.«

Max wollte nachfragen, aber in dem Augenblick wurde die Zellentür aufgerissen. Ein elegant gekleideter Mann trat auf ihn zu und sagte:

»Ich bin Rechtsanwalt Doktor Artmann. Ihr Vater hat mich beauftragt, Sie hier rauszuholen.«

Max *pflückt eine Rose. Als er die Blüte an die Nase hält, um daran zu riechen, krabbelt ein barbusiges Mädchen heraus und küsst ihn.*

Die Eltern konnten es kaum glauben, dass ihr angeblich so braver Sohn in Berlin auf einer Demo dieser Chaoten gewesen war, in deren Folge die Gewalt eskalierte. Max ließ sie in dem Glauben, aber tatsächlich war die Geschichte etwas anders. Nicht die Demo hatte Max nach Berlin gelockt, sondern Evchen. So hieß die heiß umschwärmte Schönheit aus Max' Klasse, die die Schule geschmissen hatte, weil sie den angeblichen Mief ihrer Geburtsstadt, die sie nur das *Kaff* nannte, und den Kleingeist ihrer Spießbürger nicht ertragen konnte. Für sie war hier alles eng, rückständig und provinziell:

Die Disco, die eher einem Tanzsaal aus längst vergangenen Zeiten glich, war nur am Wochenende geöffnet und löschte spätestens um 23 Uhr das Licht. Die Bühne in der Mehrzweckhalle diente langweiligen Gastspieltruppen, dem städtischen Bläserchor und Karnevalssitzungen. Das ehemalige Kino hatte dichtgemacht, weil kaum noch Besucher gekommen waren, und die meisten Restaurants schlossen, gleich nachdem der letzte Gast seine Rechnung beglichen hatte. Die zwei Schnellimbisse an der Ausfallstraße nach Berlin lockten nur die Fernfahrer an.

In Wirklichkeit war es eine aufstrebende Kreisstadt mit 70 000 Einwohnern, die zahlreiche Industrieunternehmen und unterschiedliche Menschen aus der ganzen Republik und dem Ausland angelockt hatte. Ein Ort für Familien, die verantwortungsbewusst ihrer täglichen Arbeit nachgingen. Nichts für Abenteuer suchende junge Menschen wie Evchen. Hier tanzte kein Bär, hier hielt er höchstens seinen Winterschlaf.

Deshalb war sie nach Berlin gegangen, jobbte hier und da und lebte in Kreuzberg in einer Wohngemeinschaft mit Gleichgesinnten oder anderen Gescheiterten – das konnte jeder auslegen, wie er wollte.

Max hatte Evchen telefonisch zum Geburtstag gratuliert. Sie war gerührt über seine Anhänglichkeit und lud ihn übers Wochenende zu einer Party ein. Er könne bei ihr übernachten, es gebe Platz genug.

Zu Hause schwindelte er, dass in der Schule im Kunstunterricht das Pergamonmuseum durchgenommen worden sei. Zu gerne würde er es sich persönlich anschauen. Die Mutter freute sich über sein Interesse an den schönen Künsten. Der Vater zog an seiner Pfeife und nickte seine Zustimmung.

Um 19 Uhr klingelte Max am Paul-Lincke-Ufer 17a in Kreuzberg, er wollte pünktlich zur Party sein. Evchen begutachtete etwas spöttisch sein braves, sonntägliches Outfit. Wildlederjacke, darunter weißes Hemd und Schal mit Paisley-Muster, damit das Leder nicht mit der Haut in Berührung kam, neue Jeans, rahmengenähte Budapester und seidene Socken. Sauber gescheiteltes Haar, der Nacken frisch ausrasiert und eine goldene Armbanduhr.

Sie grinste:

»Du bist ein bisschen zu früh.«

»Sorry«, sagte Max »ich wusste nicht, für welche Uhrzeit du …«

»Um Mitternacht wird's voll«, sagte sie lachend. »Mach's dir bequem, wenn du kannst. Stühle gibt's bei uns nicht.«

Max hockte sich mit angezogenen Beinen auf eine Matratze, während Evchen sich entschuldigte, sie müsse noch etwas Stoff besorgen. Als sie nach ein paar Stunden zurückkam, war Max eingeschlafen. Sie rüttelte ihn wach und hielt ihm eine Tablette hin. »Nimm!«

Fragend schaute er sie an.

»Nun nimm doch! Ich werde dich schon nicht vergiften, keine Angst. Ist nur dafür, dass du die Nacht über wach bleibst.«

Er ahnte, was sie meinte, aber er hatte noch nie so etwas ausprobiert. Er zögerte, aber ausgerechnet vor dieser umworbenen Eroberung wollte er kein Angsthase und kein Spielverderber sein. Also schluckte er.

Kurze Zeit später fühlte er sich so wohl in seiner Haut wie nie zuvor. Die Müdigkeit war verschwunden, er hätte Bäume ausreißen können und hatte keine Hemmungen mehr, Evchen an den Busen zu fassen.

»Das macht die Panzerschokolade«, kicherte sie und Max nickte, obwohl er keine Ahnung hatte, was sie meinte.

Wochen später erfuhr er im Chemieunterricht, dass im Zweiten Weltkrieg die Soldaten genau diese Pillen bekommen hatten, bevor sie in die Schlacht zogen. Amphetamin.

Für Max war es ein einmaliges Erlebnis. Er bedankte sich bei Evchen, dass sie ihm so viel Kraft gegeben hatte für die erste Nacht mit einem Mädchen. Wie er in die Demo geraten war, konnte er nicht mehr nachvollziehen.

Vaters Jagdhunde kläffen, heulen und gebärden sich wie toll, als Max am Zwinger vorbeiläuft. Sie wollen raus, sich balgen, miteinander spielen, sich im Gras wälzen. Max bleibt stehen, überlegt kurz, öffnet die Tür und schenkt ihnen die Freiheit.

Zu Hause folgten endlose Vorträge über Widerstand und Ungehorsam. Max hörte zu, anfangs ohne Gegenargument, denn er hatte sich bisher nur am Rande für Politik interessiert. Sein Wissen über die Zusammenhänge war beschränkt.

Der Vater sagte: »Die Apo, diese außerparlamentarische Opposition, ist eine gefährliche Bewegung, die sich gegen uns persönlich wendet. Das sind Kommunisten, die den Kapitalismus abschaffen wollen. Die wollen uns enteignen.«

»Aber sie träumen doch nur von einer freien Gesellschaft mit freien Individuen«, wagte Max schließlich einzuwenden, denn so hatte er die Gespräche der Leute im Gefängnis interpretiert.

»Dagegen hat ja auch keiner was«, mischte sich die Mutter ein, »aber sie stellen alle bürgerlichen Lebensformen infrage. Wenn wir das zulassen, ist nichts mehr, wie es war. Wohin soll das führen?«

»Freiheit ist eine hehre Angelegenheit«, dozierte der Vater. »Schon der Alte Fritz fand, jeder solle nach seiner Façon selig werden, und damit hatte er recht. Dennoch muss auch die Freiheit Grenzen haben. Bei den Nazis hieß es *Du bist nichts, dein Volk ist alles*. Die Apo verkündet *Du bist alles, dein Volk ist nichts*. Stell dir mal vor, die Bienen würden nach dem Motto der außerparlamentarischen Opposition leben, dann würden sie Scheiße statt Honig produzieren.«

Die Mutter errötete bei der vulgären Wortwahl ihres Mannes und bat ihn, sich in Gegenwart des Jungen einer anderen Sprache zu bedienen.

Max kicherte innerlich und nahm die Vorgabe nur zu gerne auf. »In der Uni hängen überall Schilder *Unter den Talaren Muff von tausend Jahren.* Das finde ich klasse.«

»Ha, da geb ich dir sogar recht«, antwortete der Vater und lachte, »ich würde den Heerscharen von Beamten gern ein bisschen Feuer unterm Hintern machen, damit sie sich für uns Bürger schneller bewegen. In den Amtsstuben wurde die Zeitlupe erfunden.«

»Du erwähnst die Nazis, Vater«, sagte Max, »stimmt es eigentlich, dass es unter den Beamten immer noch viele Nazis gibt?«

Die Eltern schwiegen betreten. Sie wussten nicht, was sie sagen sollten. Ein heikles Thema. Wie konnte man schon wissen, wer Nazi gewesen war und wer nicht? Der Vater lenkte ab:

»Die Studenten von heute kennen die Zeit des ›Tausendjährigen Reichs‹ nur aus Büchern, Filmen und vom Hörensagen, sie waren zu der Zeit ja noch in den Windeln. Sie haben keine Ahnung von den Zuständen. Damals konnte man nicht einfach auf die Straße gehen wie heute, Plakate schwenken, Demos durchziehen und sich Straßenschlachten mit der Polizei liefern. Das wäre lebensgefährlich gewesen. In der Rückschau ist es leicht, den Verlauf der Geschichte zu verurteilen. Halt du dich da am besten raus.«

Max geht in Schulkleidung zu einer Mülltonne. Er reißt sich den Schulranzen von der Schulter und wirft alle Bücher und Hefte hinein. Dann entledigt er sich der gebügelten Hose und zwängt sich in Röhren-Jeans.

»Mein Sohn, ich bin stolz auf dich«, sagte der Vater nach bestandenem Abitur. Es war das zweite Mal, dass er sich zu einem solchen Lob hinreißen ließ. Er überreichte ihm feierlich einen Autoschlüssel, hakte sich bei ihm unter und führte ihn vor die Haustür. Dort stand ein nagelneuer Citroën 2 CV, 30 PS. Max schluckte. Er lächelte, obwohl er ein wenig enttäuscht war. Insgeheim hatte er von einem kleinen Sportwagen geträumt, einem flotten Zweisitzer mit vielen Pferdestärken.

»In Paris brauchst du keinen Porsche«, sagte der Vater, der seine Gedanken zu erraten schien. »Bei dem Verkehr, der dort herrscht, bist du froh, wenn du überhaupt 50 fahren kannst.«

Im Nu änderte sich Max' Laune. Paris? Die Zustimmung des Vaters war die zweite und weitaus größere Überraschung an diesem Tag. Heimlich hatte die Mutter bei ihm vorgesprochen und Max' sehnlichsten Wunsch erfüllt, einen Studienplatz nicht in der nahen Kreisstadt mit zusätzlichen Französischstunden in der Fachhochschule zu beantragen, sondern direkt in der französischen Hauptstadt. Paris! Obwohl der Vater das Erlernen der Sprache seit jeher für zwingend gehalten hatte, war es keine leichte Entscheidung gewesen, denn die Studentenunruhen im Jahre 1968 beherrschten den politischen Alltag nicht nur in Berlin, sondern auch in Paris. Die

Existenzialisten erschreckten die bürgerliche Welt. Unter ihrem Schöpfer, dem Anarchisten und Atheisten Jean-Paul Sartre, der in wilder Ehe mit Simone de Beauvoir lebte, Kontakt zu Che Guevara in Kuba hielt und Karl Marx gesellschaftsfähig machte, raubten sie der Gesellschaft die Ruhe, die Konvention.

Glücklicherweise beendete Charles de Gaulle die gewaltsamen Streiks und Proteste in Frankreich nach nur zwei Monaten durch Neuwahlen, während es in Deutschland erst richtig losging. So konnte Max mit dem Segen der Eltern die französische Grenze überqueren in seinem »Regenschirm auf vier Rädern«, wie er sein neues Auto nannte.

Die Mutter hatte über die Sekretärin der Firma eine kleine Wohnung angemietet. Zwei Zimmer, Küche, Bad. So viel war notwendig, damit der Junge sich wohlfühlte in seinen vier Wänden und die Abende nicht in der Kneipe verbummelte. Sie befand sich in Fußnähe der Universität, damit keine Nerven strapaziert und keine Zeit mit Parkplatzsuchen vertrödelt würden.

So bezog Max sein kleines möbliertes Reich, sein erstes eigenes Zuhause, im 6. Arrondissement links der Seine am Boulevard Saint-Michel, ganz in der Nähe der Sorbonne.

»Gib acht auf dein Studentenleben«, gab der Vater ihm mit auf den Weg, »verliere nie dein Ziel aus den Augen. Haben wir uns verstanden?«

Er beugte sich vor und hielt die Hand vor den Mund, damit niemand außer Max ihn hörte:

»Und überleg dir gut, mit wem du ins Bett steigst. Bring mir keine Überraschung an. Das kann teuer werden. Im Übrigen: Das Beste an den Frauen ist, sie zu erobern, und dann Schluss.«

Die Mutter drückte Max fest an sich und flüsterte: »Bewahre dir deine Träume, mein Liebling, du wirst sie brauchen.«

Max steht modisch gekleidet vor dem Spiegel, streicht über seinen Dreitagebart und begutachtet sich durch die neue kreisrunde billige Nickelbrille. Er grinst sich zufrieden an und entzündet eine Gauloise.

Max fühlte sich wie neugeboren. Er erkundete die Stadt, zog durch die Straßen, die Bistros, die Parks. Er schrieb sich in der Uni ein für Jura und Betriebswirtschaft und belegte ohne das Wissen seiner Eltern Kurse in Philosophie, deren Vorlesungen er regelmäßig besuchte, aber noch wenig davon verstand. Sein Schulfranzösisch war beängstigend schwach, und trotz der Euphorie über alles Neue fühlte er sich ein wenig isoliert.

Eines Tages machte ein Kommilitone ihm den Vorschlag, in seine WG zu ziehen, sie suchten einen neuen Hausgenossen. Ohne zu zögern, packte Max seine Siebensachen und zog aus der bequemen Wohnung aus. Der Umzug krempelte erneut sein Leben um. Nicht nur seine Französischkenntnisse verbesserten sich schlagartig, auch seine Einstellung zum Alltag veränderte sich. Zum ersten Mal erfuhr er, wie man eine Waschmaschine bediente, einmal in der Woche war es seine Aufgabe, für sechs Mitbewohner zu kochen, und mittwochs hatte er die Wohnung zu saugen. Seine Hemden mussten nicht mehr gebügelt werden, denn jeder trug das gleiche Outfit: Jeans, T-Shirt, speckige Lederjacke und halbhohe Stiefel, bei Regen eine Baskenmütze. Ihm gefiel das neue Leben.

Besonders begeisterten ihn die Diskussionen, die unter den

Mitbewohnern geführt wurden, alle glühende Existenzialisten und Anhänger Sartres. Sie debattierten über das Sein und das Nichts; hinterfragten, ob die menschliche Existenz ein ständiges Scheitern war; wägten ab, ob nur der Mensch ein Bewusstsein habe und wie das bei Tieren, Pflanzen und Steinen sei. Wie viel Freiheit, wie viel Verantwortung habe der Mensch? War die Welt sinnlos? Gab es einen Gott?

Max war hingerissen vom Engagement seiner Kommilitonen für die neue Weltsicht. Sie waren überzeugt davon und verteidigten sie lautstark, forderten eine neue Politik, eine neue Revolution. Ihr Slogan war: *Die Fantasie an die Macht.*

Es war hier, dass er zum ersten Mal vom Club of Rome hörte und dachte, es drehe sich um einen neuen Jazzkeller oder eine italienische Studentenverbindung. Dann erfuhr er, dass es eine gemeinnützige Organisation war, in der sich Wissenschaftler aus mehr als 30 Ländern für eine nachhaltige Zukunft der Menschheit zusammengetan hatten. Sie setzten sich für den Schutz von Ökosystemen ein und ihr Bericht *Die Grenzen des Wachstums* erlangte weltweite Beachtung. Ihre Warnung lautete: ›Wir leben in einer Endzeit und werden aussterben wie einst die Saurier, wenn wir unser Leben, Handeln und Denken nicht ändern.‹

In der WG diskutierten sie über die Forderung der Bibel: Machet euch die Erde untertan. Aber das konnte, das durfte nicht sein! Der Mensch war schließlich Teil der Natur, die ihm nur eine begrenzte Lebenszeit auf diesem Planeten gewährte. Würde er sich als Ausbeuter entwickeln, dann wären seine Tage gezählt. Beging die Menschheit also Selbstmord, oder trieb die Natur sie in den Tod, um Platz zu machen für neue Lebensformen? Das Dilemma war, dass alle um diese Tatsachen wussten und trotzdem immer so weitermachten wie bisher. Max war elektrisiert.

Als er in den Semesterferien zu Hause davon berichtete, gab es erstaunte Gesichter über die merkwürdigen Themen, mit denen sich der Sohn im fernen Paris beschäftigte.

»Ich dachte, du studierst Jura«, wunderte sich die Mutter.

»Ich hoffe, du glaubst so was nicht«, nörgelte der Vater. »Außerdem ist es ja nichts Neues. Endzeit-Prophezeiungen gab es schon immer. Nostradamus war so ein Phantast. Alle paar Jahre kommt irgendein Träumer daher und weissagt, der Weltuntergang sei nahe. Das Schlimme daran ist nicht etwa, dass jemand so etwas behauptet, wahrscheinlich, um sich interessant zu machen, sondern dass es Leute gibt, die das auch noch glauben.«

Max schluckte, aber er hatte im vergangenen Jahr gelernt, sich eine eigene Meinung zu bilden und sie auch zu formulieren und zu verteidigen.

»Darum geht es doch gar nicht, Vater. Es ist nicht wichtig, dass jemand behauptet, die Welt ginge unter. Sondern wir müssen uns bewusst werden, dass alles Leben begrenzt ist. Du und ich werden keine 500 Jahre alt, und die Firma wird niemals Siemens oder Mercedes überholen können.«

»Warum nicht?«

»Weil es Grenzen des Wachstums gibt.«

»Wer behauptet das?«

»Die Natur zeigt es uns. Kein Baum wächst in den Himmel. Keine Kuh gibt 500 Liter Milch am Tag. Kein Hase wird so groß wie der Elefant. Du bist doch Jäger! Du siehst das doch jedes Mal, wenn du draußen in der Natur bist.«

»Und was hat das mit der Firma zu tun? Wir wachsen und wachsen trotzdem immer weiter. Alle volkswirtschaftlichen Theorien, alles ökonomische Handeln und Planen geht von ständigem Wachstum aus. Anders wäre es eine Katastrophe. Nullwachstum brächte Arbeitslosigkeit und Armut, nicht zuletzt für diejenigen, die jetzt schon nichts besitzen. Hab ich nicht recht?«

»Aber unsere kleine Erde bietet nicht Platz für immer mehr Menschen, die immer mehr konsumieren. Qualitatives Wachstum ja, aber …«

Der Mutter schwante eine aussichtslose Debatte. »Schluss jetzt! Es ist spät, ihr Lieben«, unterbrach sie das Gespräch, »wir sollten zu Bett gehen. Der Junge hat morgen noch viel vor.«

»Der kann sich auf dem Weg zurück nach Paris in der Eisenbahn ausschlafen«, erwiderte Vater. Er war nicht müde und holte zu aller Überraschung ein Schachbrett hervor, das seit Langem unbenutzt in einer Schublade gelegen hatte.

Vor vielen Jahren hatte er seinem Sohn das Schachspielen beigebracht. Max hatte sich damals schnell dafür begeistert, dass er theoretisch ohne Muskelkraft, ohne sich eine blutige Nase zu holen, nur mit dem Kopf den Gegner besiegen konnte, vielleicht irgendwann sogar den eigenen starken Vater. Er war ehrgeizig gewesen, hatte sich von seinem Taschengeld Schachzeitschriften gekauft und berühmte Partien nachgespielt, um immer besser zu werden. Aber so sehr er sich anstrengte, es half nicht, der Vater gewann jedes Mal gegen ihn. Er schien unbesiegbar.

»Das ist heute die letzte Chance für mich, noch einmal gegen dich anzutreten, bevor du wieder weg bist für einige Zeit«, schlug der Vater vor. Max hatte gehofft, in diesen Semesterferien um eine Partie herumzukommen. Er wollte sich nicht noch einmal schlagen lassen. Aber dafür war es jetzt zu spät.

Der Vater stellte die Holzfiguren in Schlachtordnung auf das Brett, vorne in einer langen Reihe die Bauern, dahinter außen die Türme, daneben Pferde und Läufer, in der Mitte die Dame. Zu ihrer Rechten der König. Alle für einen, der König musste geschützt werden.

»Schwarz oder weiß?«, fragte Max.

Natürlich wählte der Vater die weißen Figuren. Er wählte immer die weißen Figuren, denn sie brachten ihm den Vorteil, die

Partie zu eröffnen und schwarz von Anfang an in die Defensive zu drängen.

Zehn Pfeifen später einigten sich beide auf ein Remis. Max konnte es nicht fassen, er hatte tatsächlich seinem Vater Paroli geboten. Er hatte sich geschickt verteidigt, hatte sich eingeigelt, um ihn unvorsichtig werden zu lassen. Aus der Verteidigung heraus hatte er seine Dame angegriffen, sie geschlagen und den König so bedroht, dass der Vater aufgab und ein Unentschieden anbot.

Es war das erste Mal in seinem Leben, dass Max nicht der Unterlegene war. Es fühlte sich an wie ein Sieg. Was für ein großartiger Abend!

Neben Max klettert ein Unbekannter eine Strickleiter hinauf. Er ist altmodisch gekleidet in einen grauen Gehrock wie einst der Großvater, mit Backenbart, Kneifer, Zylinderhut und Spazierstock.

»Wer sind Sie?«, fragt Max.

»Sie kennen mich aus der Literatur«, antwortet der Mann. Mit einer kurzen, etwas steifen Verbeugung stellt er sich vor. »Gestatten, Professor Lidenbrock. Ein Freund von mir hat ein Buch über mich geschrieben, Jules Verne. Der Titel lautet Reise zum Mittelpunkt der Erde. Vielleicht haben Sie schon mal davon gehört?«

»Das lese ich gerade«, freut sich Max. »Eine wunderbare Geschichte! So unterhaltend! Naturwissenschaftlich ist es natürlich längst widerlegt. Kein Mensch kann zum Erdmittelpunkt reisen.«

Professor Lidenbrock rückt seinen verrutschten Kneifer auf dem Nasenrücken zurecht und mustert Max mit kritischem Blick.

»Seltsam, dass Sie das sagen. Obwohl Sie offensichtlich davon überzeugt sind, dass es nicht möglich ist, folgen Sie dennoch meinen Spuren und versuchen genau das zu tun.«

Er lüftet seinen Zylinderhut, wünscht ihm eine gute Reise und klettert an ihm vorbei nach oben.

Reisen. Max liebte das Reisen in seiner ganzen Bandbreite, das tränenreiche, besorgte Abschiednehmen und die freudig erwartete Heimkehr. Deshalb hatte er auch Jules Vernes Geschichte einer Weltreise In 80 Tagen um die Welt so gern gelesen. Darin wettete ein vermögender englischer Gentleman, es zu schaffen, in Begleitung seines Dieners in dieser kurzen Zeit den gesamten

Erdball zu umrunden. Die Geschichte erinnerte Max an eine Geschäftsreise mit seinem Vater, bei der sie gemeinsam alle weit verstreuten Niederlassungen der Firma besucht hatten. Sie waren von einer Hauptstadt in die nächste gedüst, ohne Land und Leute kennenzulernen, und trafen nach 20 Tagen wieder zu Hause ein. Der Vater war stolz darauf, dass sie zwei Monate schneller als Jules Vernes Romanheld Phileas Fogg und sein Diener Passepartout gewesen waren. Max wäre lieber mit dem Autor gereist.

* * *

Max saß im Café de Flore, bestellte einen Café Crème und vertiefte sich in die Lektüre.

Ohne das Buch abzulegen, tastete er nach seiner Tasse auf dem Tisch. Gierig trank er sie halb leer und stellte sie gedankenverloren zurück. Eine weibliche Hand legte sich auf seine. »Ich wäre Ihnen dankbar, wenn Sie mir von meinem Kaffee einen Schluck übrigließen.«

Max blickte erschrocken auf. Eine junge Frau lächelte ihn amüsiert an. Mein Gott, war das peinlich! Mit roten Ohren stotterte er eine Entschuldigung und bot ihr an, eine neue Tasse Kaffee zu bestellen.

»Gern«, sagte sie erfreut, und so lernte er Marie kennen. Marie, die große Liebe seines Lebens.

* * *

Max war kein gläubiger Mensch. Er hielt die Begegnung, die scheinbar nur durch einen dummen Zufall zustande gekommen war, für eine glückliche Fügung. Statistisch betrachtet war es so gut wie unmöglich, dass jemand rein zufällig auf seinen Traumpartner trifft, während man rein zufällig in derselben Stadt ist und rein zufällig in einem Pariser Café aus der falschen Tasse trinkt. Das war wie ein Lottogewinn mit sechs Richtigen plus Zusatzzahl. Als angehender Jurist hatte er später in diesem Zusammenhang über den Begriff *Zufall* nachgedacht. Denn eigentlich gab es keine kausale Erklärung für dieses Ereignis. War es also doch Schicksal? Oder gab es da etwas, das er nicht durchschaute? Er verdrängte die Zweifel. Warum sollte er sich den Kopf darüber zerbrechen, ob Fortuna im Spiel war oder die Nornen oder die Parzen oder wie auch immer die Schicksalsgöttinnen hießen. Er war glücklich.

Es war nicht bei der Tasse Kaffee geblieben. Die schönste, aufregendste, natürlichste, unprätentiöseste Frau der Welt hatte sein Angebot angenommen, sie nach Hause zu begleiten. Alle verflossenen Freundinnen verblassten hinter ihrem Charme, ihrer Ausstrahlung. Sie überschüttete ihn mit Gesten, mit Worten, denen er kaum folgen konnte. Fasziniert hing er an ihren Lippen, an ihren Augen, an ihren Haaren, an ihrer Figur. Im 2 CV gondelten sie scheinbar endlos durch die Stadt, erzählten sich Geschichten aus ihrem Leben, machten einander vertraut, schauten sich in die Augen, und die Schmetterlinge im Bauch flatterten vor Glück.

Irgendwann nahm sie seine Hand in ihre und streichelte sie. Max erzitterte, er wollte etwas sagen, aber sie hielt ihm den Mund zu und küsste ihn.

Amor, der Gott der Liebe, steht mit einem Flitzebogen vor Max. Max reißt sich das Hemd vom Leib, kniet vor ihm nieder und bittet um Erlösung. Amor schießt und trifft in das tätowierte Herz auf seiner Brust. Max fällt vornüber in eine Karaffe Rotwein.

»Die nächste rechts«, sagte Marie, »wir sind da.« Sie beugte sich zu Max herüber, gab ihm einen letzten flüchtigen Kuss und sagte *Au revoir.*

»Wann sehe ich dich wieder?«

»Ich melde mich.«

Die nächsten Tage wurden zur Tortur. Max lauerte auf ihren Anruf und ging nicht mehr aus, verließ kaum noch sein Zimmer. Aber das Telefon blieb still. War die Begegnung nur ein *coup de foudre* gewesen, Liebe auf den ersten Blick, und das war's? Hatte er sich so in ihr getäuscht? Die schlimmsten Gedanken geisterten durch sein Hirn. Vielleicht hatte sie einen Freund, war möglicherweise verheiratet? Eine so schöne Frau konnte unmöglich allein sein. Er war nervös; erregt und zitternd vor Begierde dachte er daran, sich unter der Dusche selbst zu befriedigen. Aber die Hoffnung, dass sie sich doch noch melden und ihn treffen würde, hielt ihn davon ab. Dieses Zauberwesen hatte ihm das Herz, den Verstand und den Schlaf geraubt.

Nach zwei endlos erscheinenden Wochen kam der erlösende Anruf. Sie verabredeten sich für den nächsten Abend um 20.30 Uhr in einem kleinen Bistro um die Ecke. Einen Tisch habe sie schon reserviert, ob ihm das recht sei? Max nickte überglücklich, ihm war alles recht, solange er sie wiedersehen konnte.

Drei Stunden vorher belegte er das Bad der WG, rasierte sich zum zweiten Mal an diesem Tag, wobei er sich unglücklicherweise an der Oberlippe schnitt. Er stoppte die Blutung mit Toilettenpapier in der Hoffnung, dass es nicht auffiel. Immer wieder schaute er in den Spiegel und war entsetzt, dass der Schnitt nicht zu übersehen war. Er fühlte sich entstellt. Würde sie ihn mit so einer Verletzung ausgerechnet am Mund überhaupt küssen wollen?

Seine Haare fand er in Ordnung, bis auf den Wirbel links über dem Ohr. Er versuchte ihn mit Gel zu bändigen, so oft, dass es fettig wirkte und er noch einmal unter die Dusche sprang, um sich erneut den Kopf zu waschen.

Danach betrachtete er sich erneut kritisch im wandgroßen Spiegel.

Mit einem Waschbrettbauch konnte er nicht aufwarten, aber er fand sich gut proportioniert mit seinen 1,86 Meter Länge und 82 Kilogramm Gewicht.

Um gut zu duften, sprühte er sich mit Deo ein und benutzte das teure Aftershave, das er sich beim Einkaufen am Nachmittag geleistet hatte, denn er hatte irgendwo aufgeschnappt, dass Frauen bei der Wahl ihres Auserlesenen großen Wert auf den Geruch legten.

Ein letzter narzisstischer Blick in den Spiegel. Er war zufrieden, bis auf diese blöde Oberlippenentstellung. Grässlich.

Dann stand er vor seinem Kleiderschrank und überlegte, was er anziehen sollte. Schick? Elegant? Lässig? Sie hatte eine schlichte Hemdkragenbluse über den Jeans getragen, also wählte er Ähnliches. Keine Boxer-Shorts. Den Jeansstoff auf der nackten Haut zu spüren, war aufregend.

Um nicht überpünktlich zu erscheinen, betrat er um 20.31 Uhr das Restaurant und fragte den Ober nach der Reservierung von Marie. »Da hinten in der Ecke zwischen den zwei Säulen, der Vierertisch.« Max erschrak. Hatte Marie jemanden dazu eingeladen, ein paar Freunde vielleicht oder sogar ihre Eltern, um seine Avancen abzuwehren? Aber nein, zum Glück sah er nur zwei Gedecke.

Er atmete auf. Noch wusste er nicht, dass Marie alles ertrug, nur keine Enge. Sie beanspruchte die Freiheit im Denken und im Handeln, im Kommen und Gehen, im Bett und im Leben. Ein Zweiertisch hätte sie eingeengt.

Der Ober kam mit einer Karaffe Rotwein. »Mademoiselle hat sich ein wenig verspätet und lässt sich entschuldigen. Genehmigen Sie sich schon mal ein Gläschen, während Sie warten.«

Er legte ihm die Speisekarte vor und zog sich wieder zurück.

Max schaute sich um. Das Restaurant war bis auf wenige Tische gut besucht. Man unterhielt sich angeregt, lachte, rauchte. Aus einem Lautsprecher betörte die Stimme von Edith Piaf mit dem Chanson *La vie en rose*. Die Sekunden, die Minuten verrannen zähflüssig wie Honig. Von Marie war weit und breit nichts zu sehen. Der Rotwein überbrückte seine aufkommende Nervosität. Nach einer Viertelstunde nahm der Ober die geleerte Karaffe mit und brachte eine neue.

»Unser Hauswein scheint Ihnen zu munden. Das freut mich, Monsieur.«

Max nickte und schaute ungeduldig auf seine Armbanduhr.

Eine Dreiviertelstunde später gab er alle Hoffnung auf, Marie noch einmal wiederzusehen. Entweder hatte sie sich doch anders entschieden, oder ihr war auf dem Weg zu ihm etwas zugestoßen. Diffuse Gedanken schossen ihm durch den Kopf. Vielleicht hatte sie einen Unfall, lag im Krankenhaus auf der Intensivstation oder bewusstlos in einem Straßengraben. Vielleicht hatte sie Fahrerflucht begangen. Jemand hatte sie vor die einlaufende Metro geschubst. Oder sie war gefangen in den Armen eines Sexualverbrechers. Je länger seine Geduld strapaziert wurde, desto monströser wurden die Schreckensbilder. Seine Fantasie schlug Purzelbäume. Da half nur noch der Rotwein.

Als die dritte Karaffe geleert war, stand Marie plötzlich in der Tür. Er versuchte aufzustehen und ihr entgegenzugehen, kämpfte mit dem Gleichgewicht und fiel ihr um den Hals. »Schön, dass du da bist«, lallte er.

Aus dem Essen wurde nichts. Marie beglich die Rechnung und brachte ihn per Taxi nach Hause. Zum ersten Mal schliefen sie miteinander, allerdings erst am nächsten Morgen.

Seit diesem Tag war Max Marie hoffnungslos verfallen. Er zog aus der WG aus und wieder in seine kleine Wohnung ein. Hier konnten sie sich ungestört austoben.

Das leise rhythmische Pumpen eines Parfümzerstäubers lässt Max aufhorchen. Die Badezimmertür ist wie immer unverschlossen. So kann er sie bei ihrer Morgentoilette und ihrem erotischen Ritual der Verschönerung beobachten. Sie hat es nicht nötig, die Fingernägel zu lackieren, klebt keine falschen Wimpern an wie die leichten Mädchen von der Place Pigalle, pudert nicht die Nase wie die englischen Ladys. Ihr Make-up ist dezent. Ihr Duft umhüllt ihn, nimmt ihn gefangen. Er sieht Marie, die nackt vor dem großen Spiegel steht und vor sich hin summt. Sie betrachtet Brüste, Bauch und Schoß, lacht sich an, versucht ihr schulterlanges Haar mit dem Föhn zu bändigen, formt ihre Lippen zu einem Kussmund, bemalt sie mit einem leuchtenden Rot, zieht die Augenbrauen nach, tuscht die Wimpern. Sie ist schön.

Sie frühstückten wie immer in Eile, meist waren sie zu spät dran, denn für die Liebe nahmen sie sich alle Zeit der Welt. Ein Croissant in den Kaffee getaucht, ein letzter Kuss, raus aus dem Haus, ein allerletzter Kuss. Die Arbeit rief. Max ging in die Uni, Marie in die Galeries Lafayette, wo sie, wie sie sagte, eine Ausbildung im Management machte.

Als eine Lesung an der Uni wegen Grippe ausfiel, hatte Max einen unerwarteten freien Morgen. Er sonnte sich im Jardin du Luxembourg und beobachtete voller Neid und Sehnsucht nach Marie ein Liebespaar. Dabei kam er auf die Idee, sie während der Arbeit zu überraschen. Auf dem Blumenmarkt erstand er eine rote Rose und stürmte durch das gläserne Portal des Kaufhauses in die vierte Etage, wo es ein reiches Angebot von junger Mode und Accessoires gab. Die Vier war Maries Glückszahl, und er bildete sich ein, dass sie nur dort arbeiten konnte. Aber sie war nirgends zu sehen, weder hier noch in einem der anderen Stockwerke. Beim Informationsstand ließ man ihn wissen, dass Privatbesuche bei Mitarbeitern während der Geschäftszeit nicht erlaubt und Informationen über das Personal vertraulich seien. Im Übrigen kenne man keine leitende Angestellte dieses Namens.

Betrübt verließ Max das Kaufhaus und stopfte die Rose frustriert in den nächstbesten Abfallkorb. Hatte Marie ihn angeschwindelt? Arbeitete sie gar nicht in diesem renommierten Haus?

Ein kleiner Zweifel beschlich ihn. Er hatte sie hin und wieder beim Flunkern erwischt, hatte es aber, verliebt wie er war, überhört oder verdrängt. Vielleicht waren Französinnen so? War er zu deutsch, zu nüchtern? Zu humorlos? War die Wahrheit und nichts als die Wahrheit nur eine langweilige juristische Definition? Bestand der Zauber seiner Marie darin, dass sie ihm gelegentlich so rätselhaft erschien?

Mit hängendem Kopf schlenderte er an der langen Schaufensterreihe entlang, als er plötzlich ein metallisches Klopfen wie mit einem Schlüssel gegen die Scheibe vernahm. Er drehte sich um, und da war zu seiner Überraschung Marie. Seine Marie, die mitten im Fenster Arm in Arm mit einer Schaufensterpuppe stand und ihm zuwinkte. Freudestrahlend bahnte er sich einen Weg durch die Fußgänger und sie gaben sich einen heißen Kuss durch die kalte Glasscheibe.

Am Abend fielen sie sich wieder in die Arme und liebten sich, um am nächsten Morgen wie immer von einem erbarmungslosen Wecker aus den Träumen gerissen zu werden.

»Romeo und Julia erwachten noch durch Vogelgezwitscher«, protestierte Max und zitierte den Satz aus Shakespeares Liebesdrama, den er aus dem Englischunterricht behalten hatte: »Willst du schon gehen? Der Tag ist ja noch fern. Es war die Nachtigall und nicht die Lerche.«

»Ich mag Roméo et Juliette nicht«, sagte Marie. »Das Ende ist so traurig. Ihr Tod war vorauszusehen. Es konnte nicht gut ausgehen mit den beiden. Die Familien waren verfeindet.«

»So wie früher die Deutschen und die Franzosen.«

»Vielleicht. Aber das ist lange her. Wenn schon berühmte Liebespaare, dann denke ich eher an Pierre Abélard und Héloïse. Kennst du die?«

»Nie gehört.«

»Pierre Abélard lebte im 12. Jahrhundert und war Gelehrter. Er war vermögend und adlig, wie du.«

»Ich bin nicht adlig.«

»Aber vermögend.«

»Noch weniger.«

Er mochte es nicht, auf seine finanzielle Situation angesprochen zu werden. Der Vater zahlte zwar die Studiengebühren und den Unterhalt, hielt ihn aber mit Taschengeld äußerst knapp. Ihm war das recht so, es machte ihn weniger abhängig.

»Héloïse soll ihn verführt haben.« Marie schmunzelte. »Sie wurde schwanger. Die beiden heirateten, heimlich natürlich, niemand durfte davon erfahren. Als ihre Schwangerschaft nicht mehr verheimlicht werden konnte, sperrte er sie in ein Kloster.«

»Das würde ich nie tun!«

»Die Verwandten von Héloïse hörten davon, sie brachen in die Wohnung von Abélard ein und kastrierten ihn.«

Max lachte: »Dann bringe ich morgen wohl am besten ein Sicherheitsschloss an.«

Vier Wochen später verlobten sich Max und Marie. Heimlich natürlich, wie die beiden Liebenden aus Maries Erzählung.

*D*ie Mutter entzündet die Kerzen am festlich geschmückten Weihnachtsbaum. Es klopft, der Vater erhebt sich und öffnet die Tür. Er lässt den Weihnachtsmann ein, der einen großen Sack über der Schulter trägt.
Er setzt ihn ab, und heraus purzeln Max und Marie.

Max war sich seiner Liebe sicher, denn mit Marie hatte sich sein Leben gewandelt. Früher waren seine Affären nur von kurzer Dauer gewesen. Sobald die Neugier befriedigt war und die Gefühle sich verflüchtigt hatten oder ein hübscheres Mädchen aufgetaucht war, hatte er Schluss gemacht. Nach ein paar Tagen war der kurze Trennungsschmerz überwunden und vergessen.

Die Beziehung mit Marie war elementar. Max schien es, als wären sich Yin und Yang begegnet. Zwei entgegengesetzte und sich ergänzende Prinzipien bildeten ein Ganzes. Er versuchte, Marie diese Philosophie nahezubringen, um seine Sicht auf ihre wundersame, vertraute Zweisamkeit zu erklären. Sie lachte und meinte nur, das sei ihr zu chinesisch oder zu deutsch, auf jeden Fall zu kompliziert. Sie verglich ihre Liebe eher mit dem Märchen von Dornröschen: Die erstarrte Schöne wird von einem Prinzen aus dem Tiefschlaf wach geküsst und gerettet, und wenn sie nicht gestorben sind, dann leben sie noch heute.

Max gefiel die Analogie, bis Marie ihm klarmachte, dass nach ihrer Auffassung *er* das träumende Dornröschen war, das von der französischen Prinzessin Marie zum Leben erweckt worden war.

Als Max zu Hause ankündigte, dass er über die Weihnachtsferien eine Freundin mitbringen würde, zögerte die Mutter.

»Hast du dir das gut überlegt, mein Junge? Du kennst deinen Vater. Er legt Wert auf seine Ruhe.«

»Na, dann eben nicht. Paris ist auch um diese Jahreszeit schön.«

Sie hatte sich so auf ihn gefreut. Der Gedanke, am Weihnachtsabend allein mit ihrem Mann vor dem geschmückten Christbaum zu sitzen und nur zu zweit die Weihnachtsgans zu verspeisen, die Mimi mit großer Hingabe vorbereitet hatte, war für sie unerträglich.

»So war das doch nicht gemeint, mein Liebling. Bitte komm und bring deinen Schatz mit. Ich werde mit Vater reden.«

Es wurden interessante Feiertage.

Die Mutter fiel ihm vor Glück über das Wiedersehen, das nun doch zustande kam, um den Hals und tupfte sich mit dem Taschentuch verstohlen eine Freudenträne ab. Marie war ihr anfangs sympathisch, sie war so hübsch, so zuvorkommend, so natürlich und ganz anders als alle jungen Mädchen, die Max früher mit nach Hause gebracht hatte. Aber je länger die fremde Frau da war, desto mehr ärgerte sie sich über deren Anwesenheit. Es störte sie, dass sie Max ständig herzte und betatschte, mit ihm schmuste und selbst beim Essen mit ihm Händchen hielt. Die öffentliche Zurschaustellung von Gefühlen ziemte sich doch nicht! Die Mutter schmollte. War sie neidisch? Fühlte sie sich ausgeschlossen? Oder lag es schlicht daran, dass sie beide, Mutter und Freundin, denselben Mann liebten?

Der Vater, der Marie bei ihrer Ankunft steif, aber korrekt begrüßt hatte, taute zu aller Überraschung immer mehr auf. Der Charme der jungen Französin gefiel ihm. Er gewöhnte sich an, die Pfeife aus dem Mund zu nehmen, wenn er Anekdoten aus längst vergangenen Tagen erzählte, bemühte sich, langsam und deutlich für sie zu sprechen, und unterstützte sie bei ihren noch mangelhaften Deutschkenntnissen. Sie hörte aufmerksam zu, und als sie sogar Interesse für seine Jagdgeschichten zeigte, nahm er sie sogar mit auf die Pirsch.

»Eine Klassefrau, eine exzellente Wahl«, lobte er seinen Sohn.

»Na, na«, mischte sich die Mutter ein, »pass gut auf sie auf, Max, sonst hast du sie mal gehabt. So ein Lob aus dem Mund deines Vaters hat Seltenheitswert. Er ist als Schürzenjäger bekannt.«

»Bist du etwa eifersüchtig?«, fragte Max, als der Vater den Raum verließ, um etwas zu erledigen.

Die Mutter zögerte kurz, das Thema war ihr offensichtlich unangenehm. Sie fuhr sich nervös mit der Hand durchs Haar und gestand schließlich mit einem scheuen Lächeln:

»Früher war ich das. Sehr sogar.«

Wieder zögerte sie und fuhr nur stockend fort:

»Aber im Laufe der Jahre habe ich mich daran gewöhnt, dass er jedem Rock hinterherschaut. Es genügt ihm nicht, sich nur im Geschäft zu beweisen. Das weißt du ja selbst.«

»Aber ihr seid trotzdem bis heute zusammengeblieben, Vater und du. Warum?«

»Ich wollte es so, schon deinetwegen, und er weiß, was ihm blüht, wenn er mich verlässt.«

»Wie meinst du das?«

»Ach, Junge, das ist eine lange Geschichte …«

»Erzähl sie mir. Bitte!«

Sie schloss die Augen und schien mit sich zu ringen. Sollte sie wirklich preisgeben, was sie jahrelang geheim gehalten hatte, worunter sie gelitten und gebüßt hatte? Sie wand sich, doch schließlich gab sie sich einen entschlossenen Ruck, sah ihm direkt in die Augen und sagte:

»Wo soll ich beginnen?«

»Von Anfang an, bitte.«

»Na gut. Wenn du es unbedingt willst. Aber sag mir hinterher nicht, ich hätte es für mich behalten sollen.«

Sie konzentrierte sich, als müsse sie alte Erinnerungen erst einordnen, bevor sie begann:

»Also, es war Krieg. Du kennst ja keinen Krieg, sei froh. Ich war damals wie viele andere junge Frauen arbeitslos und bewarb mich auf die Anzeige eines unbekannten Patentanwalts als Schreibkraft. Damals kamen auf eine Ausschreibung Hunderte von Bewerbungen, da musste man schon etwas Besonderes vorweisen können. Steno und Schreibmaschine hatte ich auf der Handelsschule gelernt, ich war also einigermaßen gerüstet, war wissbegierig und fleißig und bereit, mich bedingungslos einzuarbeiten. Ich putzte mich heraus, ließ mir eine Dauerwelle legen, lieh mir ein schickes Kostüm von einer Freundin aus und fuhr mit dem Fahrrad zu deinem Vater, um mich vorzustellen.«

»Mit dem Fahrrad zu einer Vorstellung? Du musst ja ganz verschwitzt angekommen sein. Hattest du kein Auto?«, warf Max ein.

»Nein«, erwiderte die Mutter lachend, »dafür hatte ich kein Geld. Nur sehr wenige Menschen besaßen damals ein eigenes Auto. Und wer eins hatte, musste damit rechnen, dass es von der Wehrmacht konfisziert wurde. Außerdem gab es kein Benzin für privaten Gebrauch. Ich fuhr also mit dem Drahtesel, wie man das Fahrrad damals nannte, und stand etwas aus der Puste zum ersten Mal deinem Vater gegenüber. Zum Glück interessierte er sich weniger für meine Büroerfahrung als für mein Äußeres. Meine Figur und meine Aufmachung machten Eindruck auf ihn. Ich war damals noch sehr schlank und bekam viele Komplimente. Ich war …«

»Du warst meine Sekretärin«, unterbrach sie der Vater, der ins Zimmer zurückkam und seiner Frau einen warnenden Blick zuwarf. »Hör bloß auf, die alte Geschichte rauszukramen. Die interessiert keinen Menschen mehr. Vergiss sie.«

»Das glaube ich nicht. Max sollte endlich erfahren, dass …«

»Papperlapapp. Max hat damit nichts zu tun. Er sollte sich um sich selbst kümmern und sehen, dass er mit dem Studium fertig wird. Und aufpassen, dass Marie nicht schwanger wird.«

»Keine Angst, Vater, ich mache den Abschluss in der vorgesehenen Zeit.«

»Das erwarte ich auch von dir. Danach kannst du tun, was du willst, solange du die Firma auf Zack hältst. Und vergiss nicht, wenn du irgendwann heiratest, nur mit Gütertrennung. Haben wir uns verstanden?«

Max nickte.

*S*ektkorken knallen. Max hat ein Champagnerglas in der Hand und lallt:

»Vive la France!« Er wirft seine Baskenmütze in die Luft und alle seine Freunde jubeln.

»Vive la philosophie!« Er nimmt einen Lorbeerkranz vom Kopf und wirft ihn in die grölende Menge der Kommilitonen.

»Vive la profession!« Er reißt sich die Advokatenperücke vom Kopf und hüpft darauf herum.

»Vive la vie!« Max klettert am Eiffelturm hoch. Oben angekommen, erwartet ihn Marie im weißen Brautkleid und setzt ihm einen Zylinderhut auf.

In Paris feierte er termingerecht mit Marie, den Kommilitonen und den ehemaligen Mitbewohnern der WG drei Tage lang sein Diplom als Advokat und seinen Bachelor in Philosophie. Auf Letzteren war er besonders stolz, nahm sich aber vor, ihn zu Hause mit keinem Wort zu erwähnen. Vom Vater konnte er mit keiner Anerkennung rechnen, und es war ihm auch nicht wichtig.

Danach kam der Abschied von Paris, wild, schmerzlich und unvergessen. Die Stadt der Liebe mit ihren Cafés, Bistros, Jazzclubs, Boulangeries, den Bouquinisten, dem *marché aux puces*, den Gassen, Parks, Museen, der Oper und den Theatern und nicht zuletzt der Universität Sorbonne war ihm mit ihrer Lebensart in den dreieinhalb Jahren zur Heimat geworden. *La joie de vivre* und nicht zuletzt Marie hatten einen selbstbewussten Menschen aus ihm gemacht, der seine Mitte gefunden zu haben schien.

* * *

Die Trauung fand zu Hause statt. Mit blumengeschmückten Limousinen ging es im Korso zum Standesamt, wo der staatliche Akt der Vermählung von einem nüchternen Beamten verbrieft wurde, damit die Ehe ihre Gültigkeit bekam.

Vor dem Rathaus nahm die Mutter die beiden Hochzeiter gerührt in die Arme und gratulierte ihnen. »Werde glücklich, mein Junge«, sagte sie zu Max, und zu Marie fügte sie hinzu: »Schade, dass deine Eltern diesen Tag nicht miterleben können.«

Erst vor Kurzem hatte sie durch Zufall von deren frühen Tod erfahren. Marie sprach selten über ihre Familie in Frankreich und verwickelte sich in merkwürdige Widersprüche. Stimmte es überhaupt, dass ihre Eltern bei einem Autounfall gestorben waren? Oder nahm sie es generell nicht so genau mit der Wahrheit? Die Mutter war kürzlich Zeugin gewesen, als Marie auf einer Party erzählt hatte, ihre Eltern seien beide bei einem Flugzeugabsturz ums Leben gekommen. Ihr erschien Marie wie ein Waisenkind, das in Frankreich ausgesetzt worden war, ohne Verwandte, ohne Freunde. Liebenswert und ständig auf der Suche – aber wonach?

Max fragte nicht danach, ihn reizte das Geheimnisvolle an ihr, und er akzeptierte, dass sie nicht über die traurige Erinnerung sprechen wollte. Er liebte sie so, wie sie war.

Der christliche Segen folgte im elterlichen Park, da die Kirche im Ort vor Kurzem von einem Blitz getroffen und zerstört worden war. Dieses Unglück war von der Bevölkerung der Gemeinde unterschiedlich interpretiert worden. Die Atheisten unter ihnen hielten es für ein Zeichen des Himmels:

»Euer Herrgott scheint nicht zufrieden zu sein mit seiner Stellvertretung auf Erden«, kritisierten sie.

Der Pfarrer wehrte sich:

»Die Wege des Herrn sind unergründlich. Der Herr hat gegeben, der Herr hat genommen, der Name des Herrn sei gelobt.«

Max' Vater wertete es vom Standpunkt des Unternehmers:

»Eine klare Fehlinvestition. Statt den Altar neu zu vergolden, hätte die Kirchensteuer besser in einem Blitzableiter angelegt werden sollen.«

Max hatte sich für seine Hochzeit eine einfache kleine Feier gewünscht, wenn die Trauung schon nicht in der Kirche, dann eben im Park. Aber intim sollte sie sein, nur mit den engsten Verwandten und Freunden. Doch das war mit den Vorstellungen aller Beteiligten nicht zu machen. Gegen die Eltern hätte er sich noch gewehrt, aber schließlich war es Marie, die sich für den schönsten Tag ihres Lebens ein grandioses Spektakel wünschte. Sie stellte sich auf die Seite der zukünftigen Schwiegereltern, die ihren einzigen Sohn in einem großen festlichen Rahmen zu feiern und zu würdigen gedachten. Der Vater wollte als größter Unternehmer des Landkreises alle Honoratioren einladen. Den Bürgermeister nebst Gattin, weil er von ihm etliche Genehmigungen zur Erweiterung des Firmengeländes brauchte. Den Chef der Landesbank, weil er zinsgünstige Darlehen benötigte. Den Betriebsratsvorsitzenden, um sich für die anstehenden Tarifverhandlungen beliebt zu machen. Die Feuerwehrkapelle wegen der kostenlosen Musik. Und die gesamte Konkurrenz der Firma, um zu demonstrieren, wie bedeutend und erfolgreich er war. Dazu viele wichtige Leute aus der zweiten Reihe. Man konnte nie wissen, wozu man sie noch brauchen würde. Und nicht zuletzt die Presse, um dieses Großereignis publik zu machen.

Max fühlte sich nicht wohl in seinem schwarzen Frack. Er war es nicht mehr gewöhnt, sich herauszuputzen. Der maßgeschneiderte Anzug beengte ihn, die eleganten Lackschuhe drückten. Er stand verloren neben Marie, die in ihrem schulterfreien, schneeweißen Traum von einem Hochzeitskleid aus Organza alle Blicke auf sich zog. Er legte liebevoll seinen Arm um ihre Taille und flüsterte ihr ins Ohr: »Ich wette, morgen steht in der Zeitung unter unserem Hochzeitsfoto: *Pinguin heiratet Dornröschen.*«

Sie kicherte und drückte zärtlich seine Hand.

Als Überraschung wurde jedem Gast eine kleine, dreieckige Pappschachtel überreicht. »Zum Countdown bei null öffnen«, hieß es. Die Spannung war groß. Neugierig drehten und wendeten alle das kleine Paket. »9, 8, 7… 3, 2, 1, los!« In Erwartung eines Gags oder Knalls, eines Konfettiregens oder einer Wunderkerzenexplosion legten alle den Kopf zurück, lüfteten mit weit vorgestreckten Händen vorsichtig den Deckel und waren sprachlos vor Staunen. Hunderte von Schmetterlingen befreiten sich aus der Enge, hoben ab, suchten Halt bei den Gästen, im Haar, auf dem Frack oder der Seidenbluse. Taumelnd, als wären sie betrunken, flatterten die zerbrechlichen orangefarbenen Monarchfalter mit ihren weiß getupften und schwarz umrandeten Flügeln in den Himmel und entschwanden den Blicken wie eine unwirkliche Erscheinung. Welch ein Spektakel!

Lange war diese gelungene Überraschung das einzige Gesprächsthema, bevor man sich wieder dem Büfett und dem Champagner zuwandte.

Kurz nach Sonnenuntergang, als einige ältere Herrschaften schon an Aufbruch und Heimfahrt dachten, wurde abrupt das Licht gelöscht. Es gab einen Tusch. Im Lichtkegel eines Scheinwerfers glitt langsam ein Mercedes auf die Tanzfläche und hielt vor Max und Marie. Der Vater kletterte aus dem Wagen und sagte feierlich:

»Liebe Marie, lieber Max, ich habe noch eine kleine Überraschung für euch.«

Er öffnete die Heckklappe, und zum Vorschein kam ein Wei-

denkörbchen, in dem auf frischem Tannengrün gebettet ein putz-
munteres junges Reh lag. »Hier ist mein ganz spezieller Augapfel.
Ich habe dieses Kitz verwaist im Wald gefunden, habe es adoptiert
und mit Hilfe des Revierförsters und vielen Flaschen Milch groß-
gezogen. Jetzt ist es an der Zeit, ihm die Freiheit zu schenken,
denke ich, und ich finde, dass es keinen schöneren Anlass dafür
gibt als eure heutige Hochzeit. So wie Mama und ich euch beide in
ein freiheitliches und hoffentlich erfolgreiches Leben verabschieden, so sollt ihr mit diesem Rehlein verfahren.«

Alle Hochzeitsgäste erhoben sich und klatschten Beifall.

Für Max blieb der Augenblick unvergesslich, als er zusammen mit Marie die Bandagen an den Läufen löste und das Reh in
weiten, zeitlupenartig anmutenden Sprüngen in die Dunkelheit
der Nacht verschwand. Es war der Abschluss eines rauschenden
Festes, von dem in der Stadt noch lange erzählt wurde.

Kurz darauf fuhren Max und Marie zur Jagdhütte des Vaters
hinauf. Dort seien sie besser aufgehoben als in einem Fünf-Sterne-
Hotel, hatte er gemeint. Die Hütte lag auf tausend Meter Höhe. Es
konnte dort um diese Jahreszeit bitterkalt sein, und Max hatte gezögert. Aber Marie hatte Gefallen an der Idee gefunden und wusste
seine Bedenken zu zerstreuen. Sie kenne schon ein Mittel, ihn zu
wärmen.

Schon von Weitem erlebten sie die nächste Überraschung. Es
war Licht im Haus. Der Kamin brannte, zahllose Kerzen verbrei-
teten eine verträumte Atmosphäre. Champagnergläser standen
bereit, auf denen das heutige Datum eingraviert war, und der Kühl-
schrank war bestückt mit Köstlichkeiten. Es fehlte an nichts.

Max und Marie aber nahmen nichts davon wahr. Für sie gab es
nur noch sie selbst. Sie verbrachten ihre Hochzeitsnacht vor dem
Kamin und träumten sich in eine verheißungsvolle Zukunft.

*E*ine Gondel schwebt an Max vorbei. Er sitzt mit Marie hinten auf der Bank, Marie flirtet mit dem Gondoliere. »In Neapel musst du deine Taschen zuhalten, in Florenz den Po und in Venedig die Nase«, bemerkt Max lachend und hebt seine Marie aus der Gondel auf ein riesiges Dampfschiff. Winkend nehmen sie Abschied von den Eltern und sehen einem Vogelschwarm schwarzer Störche hinterher, der in Formation südwärts fliegt.

Monate zuvor hatte sich ein Plan für ihre Zukunft herauskristallisiert.

»Habt ihr schon eine Idee für eure Hochzeitsreise?«, erkundigte sich die Mutter.

»Venedig.« Es kam wie aus einem Mund.

»Gut«, sagte der Vater. »Das trifft sich mit meinem Vorschlag. Was haltet ihr von folgendem Angebot: Ihr macht *honeymoon* in La Serenissima, und wenn ihr genug erlebt habt, geht ihr dort an Bord eines Schiffes und fahrt entlang der italienischen und afrikanischen Küste bis nach Durban, Südafrika.«

»Vier Wochen Nichtstun«, lachte die Mutter, »das hast du dir nach deinem erfolgreichen Studium verdient, mein Junge.«

»Und wenn ihr schon mal dort unten seid, Max, könntest du mit Marie zwei bis drei Jahre dableiben und dich in unserem Betrieb in Johannesburg nützlich machen. Du könntest praktische Erfahrungen sammeln und dir erste Sporen verdienen. Du würdest mir Bericht erstatten. Nach zwei, drei Jahren kommt ihr wieder zurück.«

Sprachlos sahen sich Max und Marie an. Der Vater streckte ihnen die Hand entgegen.

»Das ist mein Angebot. Überlegt es euch.«

Aber da gab es nicht viel zu überlegen. Max hatte sich schon seelisch darauf vorbereitet, nach dem Studium in Vaters Dunstkreis der Firma zu dienen. Es schien unausweichlich und fühlte sich für ihn an wie der Einberufungsbescheid zum Militärdienst. Von klein auf war er darauf eingestimmt worden, und es schien keine Gegenwehr zu geben.

Auch Marie hatte Angst gehabt, in der deutschen Provinz zu versauern. Bis auf gelegentliche Ausflüge nach Paris war ihr das Leben dort zu langweilig.

Und nun diese neue Perspektive. Afrika! Plötzlich leuchtete das schwarze Afrika in ihrer Fantasie in den buntesten Farben. Das Abenteuer lockte. Zwei, drei Jahre fern von allem zu sein, nur sie beide – ein Traum!

Eine Woche später standen sie an Bord der *MS Afrika*, die kurz darauf Richtung Süden ablegte, in die Freiheit. Neptun zeigte sich zunächst von seiner friedlichen Seite, erst nachdem sie das Mittelmeer hinter sich hatten, ließ er die Muskeln spielen und zeigte, wer der Herrscher der Meere ist.

So kam es, dass Max eines Abends ohne Marie am Esstisch saß. Sie spendet den Fischen, hieß es, war grün und gelb im Gesicht, hütete die Koje und konnte nichts bei sich behalten. Selbst in den äquatorialen Kalmen, als das Wasser wieder einer Spiegelfläche glich, spuckte sie weiter und fühlte sich elend. Max holte den Bordarzt, der sie untersuchte.

»Gratuliere! Sie sind schwanger.«

Max hielt sich für den glücklichsten Menschen auf Erden. Er wurde Vater! Er war erleichtert, denn es erklärte, warum ihm Marie seit ihrer Abreise etwas merkwürdig erschienen war, zurückhaltend, fremd, fast abwesend. So hatte er sie zuvor nicht gekannt. Natürlich, jetzt wusste er es, die Hormone!

Er schickte ein begeistertes Telegramm mit der frohen Nachricht nach Hause. Die Mutter antwortete ebenso euphorisch, sie sei hocherfreut, Großmutter zu werden, und versprach, eine liebevolle Oma zu sein. Der Vater beschränkte seinen Enthusiasmus auf zwei Worte: »Na dann ...«

In Durban gingen sie von Bord, aber es dauerte noch weitere zwei Tage, bis Maries Gleichgewichtssinn sich an den festen Untergrund gewöhnt hatte, bis sie trotz Schwangerschaft nicht mehr schwankte und wieder befreiter durchatmen konnte. Dann aber kam ihr Unternehmungsgeist zurück, und das gemeinsame Abenteuer konnte beginnen.

Ein Rikschafahrer, der wie für einen Hollywood-Film geschmückt war, kutschierte sie schwitzend und schnaufend vom Hafen zum Bahnhof. Bergauf stöhnte er unter seiner Last, bergab hielt er Deichsel und Wagen im Gleichgewicht und schwebte über den Boden. Je näher sie der Central Station kamen, desto lauter wurde sein Ächzen in der Hoffnung auf ein gutes Trinkgeld. Der Zug, gezogen von einer uralten Dampflok, grün, schwarz und golden bemalt, stand schon bereit. Die eisernen Felgen leuchteten feuerrot. Die Waggons erinnerten an Agatha Christies *Mord im Orient-Express,* den Kriminalroman, den Marie während der Schiffspassage verschlungen hatte. Die Fahrt dauerte eine Ewigkeit, obwohl die Strecke von Durban nach Johannesburg weniger als sechshundert Kilometer betrug, vorbei an blauen Bergen, Zuckerrohrfeldern, an runden Lehmhütten, weiß gekalkten Herrenhäusern und armseligen Shantytowns, an einsam marschierenden, mit Lasten hoch beladenen Schwarzen, Frauen bei der Arbeit mit einem Babybündel auf dem Rücken, nackt umhertollenden Kindern, wandernden Straußen und Antilopen, roter Erde – vorbei an Elend und Pracht. Es ging fast immer bergauf, die alte

Dampflok hatte es nicht leicht, die 1800 Höhenmeter bis hinauf ins Highveld zu überwinden.

Am nächsten Morgen fuhr der Zug zischend und fauchend in den alten Johannesburger Bahnhof ein, wo sie von einem Hotelangestellten erwartet wurden, der eine Tafel mit ihrem Namen in die Höhe hielt.

Während Max sich in den nächsten Tagen in der Tochterfirma vorstellte und durch alle Abteilungen geführt wurde, ging Marie auf Wohnungssuche. Sie war begeistert von dieser Aufgabe, berichtete Max jeden Abend, was sie alles entdeckt, wen sie getroffen, wer sie eingeladen hatte, was es für tolle Wohngegenden hier gab und wie viele nette Leute sie kennengelernt hatte. Sie schien ihr Gleichgewicht wiedergefunden zu haben und gab sich so verliebt wie zuvor. Jeden Morgen studierte sie den Immobilienteil der Tageszeitungen, des *Star* und der *Daily Mail*, schnitt die interessantesten Angebote aus, telefonierte mit Maklern, wurde angerufen und verabredete Treffen. Sie war in ihrem Element. Ihre geringen Englischkenntnisse überwand sie mühelos mit ihrem Charme, ihrem französischen Akzent und der Geschwindigkeit, mit der sie plauderte.

Begeistert flanierte sie durch das riesige, gepflegte Einkaufszentrum, in dem es fast alles zu kaufen gab, was ihr Herz begehrte. Wenn sie je die Befürchtung gehabt hatte, im afrikanischen Dschungel zu landen, war diese jetzt ausgeräumt. Hier drängten sich schicke Boutiquen, einladende Cafés, Friseursalons aneinander, es gab Geschäfte, die Möbel, Stoffe, Dekoration und Antiquitäten feilboten, und von allem eine reichliche Auswahl. Ein französisches Restaurant hatte gerade neu eröffnet, Le Petit Cochon, das musste bald ausprobiert werden.

Schon nach wenigen Tagen wurde sie auf ihrer Suche nach einer Bleibe fündig. Ganz in der Nähe des Shoppingcenters entdeckte sie im Stadtteil Rosebank ein hübsches Natursteinhaus mit einem

Rieddach, hell, geschmackvoll eingerichtet, mit großem gepfleg-
tem Garten samt Swimmingpool und geräumiger Terrasse. Ein
Volltreffer.

»Komm, Max, schau es dir an! Es ist ideal für uns. Und für
unser Baby. Nicht zu groß, nicht zu klein.«

Er strich zärtlich über ihren Bauch, obwohl von der Schwangerschaft noch nichts zu sehen war.

»Wenn du glücklich bist, bin ich es auch.«

»Ach, ich freue mich so. Wir werden hier glücklich werden.«

»Es ist schön. Aber können wir es uns leisten?«

»Verglichen mit Paris, ist es geschenkt«, verriet die Maklerin.

Kurz darauf kauften Max und Marie das Haus mit Hilfe eines
Darlehens der Eltern.

* * *

Max war sich sicher, dass er in Marie eine wunderbare Partnerin
gefunden hatte. Sie sah blendend aus, selbst mit ihrem schwange-
ren Bauch, der ihre knabenhafte Figur veränderte, mit der Zeit
ihre Rundungen betonte und sie femininer erscheinen ließ. Sie
war immer gut gelaunt, hatte ein ansteckendes Lachen, liebte die
Gesellschaft und das gute Essen – womit für Marie französisches
Essen gemeint war. Die englische Küche, für die Salz der einzige
Geschmacksverstärker war, mochte sie nicht. Ebenso wenig sprach
sie die deutsche Speisekarte an. Für sie ein Synonym für Gemüse,
Fleisch und Kartoffeln in sahniger Sauce.

Abends, wenn Max verschwitzt aus dem Büro kam, sprang er
in den Pool. Zehn Bahnen gestand Marie ihm zu. Dann kam sie
durch die Glastür, in jeder Hand ein Glas mit Gin Tonic, das heißt
für sie mehr Tonic-Wasser mit einem Tropfen Gin, ließ den Bademantel von ihren Schultern gleiten und ließ ihn den Bauch und
ihre anschwellenden Brüste bewundern.

»Liebst du mich?«, fragte sie.

Statt einer Antwort stellte er die Gläser am Beckenrand ab, zog Marie ins Wasser und schloss sie in die Arme.

Dennoch gab es Tage, an denen Max sich wunderte, wie gegensätzlich sie beide veranlagt waren und sich doch so wunderbar ergänzten. Marie war eine liebenswerte, flatterhafte Chaotin, die das Leben liebte und in vollen Zügen genoss. Mit der Disziplin, die er von zu Hause aus gewöhnt war, nahm sie es nicht so genau. Sie sprudelte vor Ideen, hatte zehn Pläne und Vorschläge gleichzeitig, die sich widersprachen und durcheinanderwirbelten. Dass bei so viel Einfallsreichtum manches auf halber Strecke liegen blieb, störte sie nicht. Dafür war dann Max zuständig. Er räumte hinter ihr her, bog gerade oder schloss ab, was sie versprochen, bestellt oder angefangen hatte.

Er machte es gerne, denn er hatte andere Qualitäten als die Kreativität seiner geliebten Marie. Er war harmoniesüchtig, eher abwartend, zögernd, überlegend, vergleichend, bevor er einen Entschluss fasste. Hatte er sich dann aber für etwas entschieden, fiel es ihm leicht, es durchzusetzen und zu vollenden. Was ihn aber nicht davon abhielt, im Nachhinein nochmals darüber nachzudenken, ob es nicht doch eine Alternative gegeben hätte.

Dann nahm Marie ihn in die Arme und sagte: »Du denkst zu viel.«

Sie erinnerte ihn an einen Spruch von Henrik Ibsen, den sie zufällig beim Blättern in einer Zeitschrift gelesen hatte:

»Max, hör zu: Bei jedem Gedanken, wenn man ihn zu Ende denkt, kommt das Gegenteil heraus.«

Max geht barfuß über seinen frisch gemähten, englischen Rasen. Ein Afrikaner kommt mit einer Schubkarre herbei, bleibt vor ihm stehen, zieht Max die Kleider aus, duscht ihn mit dem Gartenschlauch ab und bemalt seine weiße Haut mit schwarzer Farbe. Sie lachen.

Mit dem neuen Anwesen hatten sie Elton übernommen, ein Juwel. Der Vorbesitzer hatte ihn empfohlen, er sei vertraut mit Haus und Garten und eine ehrliche Haut. Elton kümmerte sich um alles, vom Rasenmähen zum Bodenpolieren, vom Staubwischen zum Holzhacken. Seine Lieblingsbeschäftigung war der Pool. Stundenlang stand er mit einer drei Meter langen Aluminiumstange am Rand des Beckens, an dessen Ende ein kleines Netz befestigt war, und fischte die Wasseroberfläche nach Blättern oder Insekten ab, fast ohne sich bewegen zu müssen.

Er war ein schönes, muskelbepacktes, zwei Meter großes stolzes Mannsbild vom Stamm der Zulu. Auf seinen breiten Schultern steckte wie eine kugelrunde, tiefschwarze Ebenholzkugel sein Kopf, in dessen Mitte das Weiß zweier großer dunkler Augen neugierig die Welt betrachteten. Vornehmlich die Welt der Mädchen. Wenn er lachte, leuchteten seine schneeweißen, makellosen Zähne bis auf eine dunkle Lücke genau in der Mitte. Der untere Schneidezahn war bei einer Meinungsverschiedenheit mit dem Nachbargärtner verloren gegangen, der vom Stamm der Xhosa war. Der Verlust störte ihn nicht, denn dem anderen fehlten nach der Auseinandersetzung doppelt so viele Zähne.

Während seiner Arbeit trug Elton riesige rosa Gummistiefel, blaue, bauschige Shorts, die von einem ledernen Patronengürtel gehalten wurden, und immer dasselbe blumenbesetzte Hawaii-hemd, das er sich jeden Abend von seiner aktuellen Liebschaft waschen ließ.

Durch Elton lernten Max und Marie, wie die Menschen im südlichen Afrika das Leben und die Welt betrachteten, und das unterschied sich grundlegend von ihrer eigenen europäisch geprägten Denkweise.

* * *

Max hörte Elton laut lamentieren. Er hockte neben ihm und hielt sich mit beiden Händen den Bauch.

»Was ist los, Elton? Was hast du?«

»Mein Bauch, Boss, mein Bauch ist nicht gut, Boss.«

Er krümmte sich und stöhnte und sah so blass aus, als hätte sein letztes Stündlein geschlagen.

Hatte er eine Blinddarmentzündung? Max verfrachtete ihn in sein Auto und fuhr mit ihm zum Arzt. Nach einer Viertelstunde kam Elton aus der Sprechstunde zurück. Er lachte. Er lachte Tränen, so lange und so laut, dass sich alle verwundert nach ihm umschauten. Er war nicht zu beruhigen.

»Boss, musst du den da drin bezahlen?«

»Natürlich muss ich ihn bezahlen. Er ist doch der Arzt.«

»Tu das nicht, Boss. Bezahl ihn bloß nicht. Das ist ein Schlitz-ohr. Ein Betrüger. Der hat null Ahnung.«

»Wie kommst du denn darauf?«

»Also. Ich geh rein, und bevor er mich untersucht, fragt er mich: *Was fehlt dir?* Stell dir vor, *er* fragt *mich*, was mir fehlt! Das muss *er* doch wissen! *Er* ist doch der Doktor.«

»Aber«, stotterte Max, »das muss doch jeder Arzt seinen Patienten fragen.«

»Nein, Boss. Wenn ein Baby *aua* schreit und die Kuh *muh* brüllt, fragt der Doktor sie auch nicht, wo es wehtut. Er weiß es.«

Eine dunkelhäutige Gestalt taucht neben Max auf, ein Medizinmann. Sein hagerer Körper steckt in einer Wolldecke, die von einer getrockneten Schlangenhaut zusammengehalten wird. In seiner rechten Hand trägt er ein Ledersäckchen, in der linken einen Holzstab, der mit einem Affenschädel geschmückt ist.

Er tastet Eltons Bauch ab, greift unter sein T-Shirt und zieht ein rostiges Hufeisen hervor. Eltons schmerzverzerrtes Gesicht beginnt zu leuchten. Die Bauchschmerzen scheinen vorbei zu sein.

»Witchdoctor«, stellte Elton den Fremden vor. »Guter Mann. Du kannst ihn fragen.«

»Fragen? Was soll ich ihn denn fragen? Ich bin gesund.«

»Frag ihn, ob Madam ein Baby bekommt.«

»Das hast du ihm bestimmt schon erzählt«, mutmaßte Max grinsend.

»Nein, Boss. Aber wenn du mir nicht glaubst, kannst du ihn ja fragen, ob es ein Junge oder ein Mädchen wird. Er weiß es. Er weiß alles.«

Der Fremde kramte ein Ledersäckchen hervor, schüttelte es ausgiebig in den Händen und stülpte es um. Zahlreiche Knöchelchen schwebten durch die Luft. Er ordnete sie in eine bestimmte Reihe, studierte aufmerksam die Formation und murmelte etwas vor sich hin, das für Max unverständlich war.

Es klang wie ein Gebet.

Elton hörte aufmerksam zu und verkündete schließlich triumphierend:

»*Witchdoctor* sagt: Du bekommst erst einen Jungen, dann ein Mädchen und dann nix mehr. Und er sagt, du wirst in Afrika sterben, aber erst, wenn du uralt bist.«

Max lächelte milde. »Da bin ich aber gespannt.«

* * *

Solche Ereignisse häuften sich in Max' afrikanischem Alltag, und sein europäisches, naturwissenschaftlich geprägtes Weltbild bekam Risse.

Da war die Geschichte mit Elsie, dem hübschen und gescheiten Hausmädchen, das Elton vermittelt hatte. Sie sollte Marie zur Hand gehen, als deren Bauch immer draller wurde und ihr das Bücken schwerfiel. Elsie entpuppte sich als Glücksfall und war gern gesehen im Haus. Doch eines Tages fand Marie sie in der Küche auf dem Boden liegend mit Schaum vor dem Mund. Hatte sie Drogen genommen? Elton verbürgte sich für sie, er kannte sie seit vielen Jahren und wusste, dass sie das niemals tun würde.

Der epileptische Anfall ging vorüber, aber in den folgenden Wochen wiederholte er sich in immer kürzeren Abständen. Max und Marie waren besorgt und boten ihr an, sie ins Hospital zu bringen. Sie lehnte ab.

»Mir fehlt nichts.«

»Woher willst du das wissen?«

»Ich weiß es.«

Mehr wollte sie nicht sagen. Es war Elton, der ihnen erklärte, warum Elsie kollabierte.

»Boss, die Ahnen rufen sie.«

»Die Ahnen?«

»Die Oma von Elsie ist *witchdoctor*. Sie will, dass Elsie auch *witchdoctor* wird. Sieben Jahre Ausbildung. Elsie will nicht. Sie kämpft, sie ist stur. Und weil sie nicht will, fällt sie um. Die Ahnen sind stark, Boss.«

Bei einem Abendessen mit Freunden erzählte Max von den seltsamen Vorfällen und Eltons Erklärungsversuch. Die Gäste amüsierten sich über den angeblichen Humbug. Nur Dr. Smith wurde nachdenklich und berichtete von mehreren ähnlichen Vorkommnissen. Zwei seiner schwarzen Patientinnen hätten die gleichen Anzeichen wie Elsie gehabt und seien dem Ruf der Ahnen gefolgt. Ihre Anfälle hatten daraufhin aufgehört. Eine dritte Patientin aber hatte sich gegen dieses Schicksal gewehrt, sie wollte in dem Beruf bleiben, den sie bei den Weißen erlernt hatte. Bei ihr wurde Schizophrenie diagnostiziert. Als die Attacken bei ihr den gleichen Verlauf nahm wie bei Elsie, gab auch sie zu guter Letzt auf und gehorchte den Ahnen, wie es ihr vorbestimmt war. Erst dann wurde sie wieder gesund.

Max erzählte Elsie von diesen Berichten. Sie hörte ihm erschrocken zu und begann hemmungslos zu weinen. Am nächsten Morgen, nachdem sie sich ein wenig beruhigt hatte, trat sie mit gepacktem Bündel vor ihn, bedankte sich für sein Verständnis, kündigte unter Tränen und verschwand. Ein Jahr später kehrte sie zu Besuch zurück. Sie war geheilt und ihre Großmutter zufrieden.

* * *

Diese Erlebnisse gingen Max nicht mehr aus dem Sinn, denn sie rüttelten an den Grundfesten seiner Überzeugung. Er reflektierte, wenn es tatsächlich für alle Menschen ein vorgezeichnetes, festgeschriebenes Schicksal gäbe, dem niemand entkommen könne, dann wäre sein Studium des Rechts und der Rechtsprechung eine Zeitverschwendung gewesen. Denn wie sollte man das Recht vom Unrecht trennen, wenn alles Tun und Handeln vorprogrammiert war? Wie konnte man einen Menschen für eine Tat schuldig sprechen, die zu begehen er selbst gar nicht entschieden hat? Jeder hatte doch die Freiheit und das Recht, sein Leben so zu gestalten, wie er es wollte! Oder hatte am Ende doch die Kirche recht mit ihrer These der Erbsünde? Belastete und beeinflusste die Schuld unserer Vorfahren auch uns, unsere Kinder und Kindeskinder?

Max war nicht bereit, dies zu glauben.

Aus der Tiefe taucht ein Mann auf, der in eine Toga gehüllt ist.

»Hallo Max, kennst du mich noch?«

»Wer bist du?«

»Wir sind uns in deiner Schule begegnet.«

Max wendet sich ihm zu, um sein Gesicht genauer zu betrachten, aber da sind nur die beiden dunklen, leeren Augenhöhlen des Fremden. Plötzlich fühlt er sich zurückversetzt als Schüler im Griechischunterricht, und er erinnert sich.

Das kann nur Ödipus sein! Ödipus hatte sich einst selbst geblendet, weil er seinen königlichen Vater Laios erschlagen hatte, ohne zu wissen, wen er da vor sich hatte. Danach hatte er den vakanten Thron bestiegen und nichtsahnend seine eigene Mutter Iokaste geehelicht, mit der er vier Kinder zeugte. Als die Schandtat herauskam, erhängte sich die Mutter.

Ödipus schüttelt den Kopf: »Du weißt es doch, es war nicht meine Schuld. Das Orakel hatte es geweissagt. Es war mir vorbestimmt.«

Elton schlurft an Max vorbei und vertreibt Ödipus und mit ihm die Gedanken an Schuld und Unschuld.

Elton hielt einen verdreckten Spaten in der Hand.

»Was hast du vor?«, wollte Max wissen.

»Nichts mehr. Alles schon fertig.«

»Aber du hast etwas angestellt. Das sehe ich dir an.«

Elton strahlte. »Yes, Boss. Alles ist gut, das Baby ist gesund.«

»Baby? Von welchem Baby sprichst du?«

»Meine Freundin Nandi hat Kind. Baby und Mama sind gesund. Elton ist glücklich.«

Ein Baby? Nandi? Davon wusste er ja gar nichts. Noch gestern hatte Max das Mädchen im Garten gesehen, ohne zu ahnen, dass sie schwanger war. Ein bisschen zugelegt hatte sie, das war ihm aufgefallen, hatte das aber dem guten Essen zugeschrieben.

»Und wofür hast du den Spaten gebraucht?«

»Für die Nachgeburt. *Witchdoctor* sagt, die Nachgeburt musst du eingraben, unter einen Baum. Das ist gut für das Baby, gut für Mama und gut für Elton.«

»Das verstehe ich nicht. Erkläre es mir.«

»Ein Baum ist wie das Leben. Wenn der Baum gesund ist, ist auch das Baby gesund.«

Als Max beim Frühstück Marie von der überraschenden Geburt in der letzten Nacht berichtete, lachte sie. »Das weiß ich doch. Du warst im Tiefschlaf, als Elton gegen unsere Scheibe im Schlafzimmer klopfte. Ein Zulu-Mann darf bei der Geburt nicht anwesend sein, weißt du, also holte er mich aus dem Bett. Ich wollte dich nicht wecken und ging zu Nandi. Sie lag schon in den letzten Wehen, war aber total entspannt und hatte alles in ihrem Zimmer vorbereitet, heißes Wasser, Waschlappen, ein sauberes Tuch, eine Schere, eine Kerze, Zündhölzer, eine warme Decke für das Baby. Sie hockte sich breitbeinig über die Zeitung, die sie auf dem Boden ausgelegt hatte, und mit einem kurzen, leisen Seufzer brachte sie ihr Kind zur Welt. Ich fing es auf, trocknete es und legte es ihr auf den Bauch. Ich wischte ihr den Schweiß von der Stirn und streichelte sie. Sie entzündete die Kerze, sterilisierte damit die Schere und schnitt selbst die Nabelschnur durch. Heute Morgen ist sie kurz nach Sonnenaufgang wie immer zur Arbeit gegangen, mit dem Neugeborenen auf dem Rücken.«

Marie lächelte gerührt in Erinnerung an die letzte Nacht und dachte voller Vorfreude an die eigene Niederkunft, die nicht mehr allzu fern war.

»Oh, Max, es war ein so bewegendes, einzigartiges Erlebnis!«

Max erzählte ihr von seinem Gespräch mit Elton über die Nachgeburt, und sie beschlossen, diesen Brauch zu übernehmen. Als dann wenige Wochen später ihr erstes Kind zur Welt kam, suchten sie gemeinsam ein Avocadobäumchen in einer Baumschule aus und begruben die Plazenta unter den Wurzeln. Es war Maries Wunsch, ihren erstgeborenen Sohn auf den Namen Hanno zu taufen, nach dem Großvater. Max war verwundert über diese Auswahl, aber auch etwas gerührt. Der Baum entwickelte sich prächtig, selbst während der sechsmonatigen Trockenperiode im Winter, denn Elton wässerte ihn gewissenhaft jeden Tag.

Zwei Jahre später wiederholten sie die Zeremonie. Ihre Tochter Charlotte wurde geboren, ein Mädchen, wie der *witchdoctor* es vorausgesagt hatte.

Max überschüttete seine Familie mit Liebe, mit Aufmerksamkeit und Geschenken. Marie war erleichtert, die Geburten hinter sich gebracht zu haben. »Ich habe mein Soll erfüllt«, sagte sie und war froh, sich wieder ungehindert bewegen zu können. Sie musterte ihre Umstandskleider aus, gewann durch eiserne Diät und ausdauerndes Training ihre Mädchenfigur zurück und ging wieder ihrem Hobby nach, *shopping*, während eine Nanny nach den Kindern guckte. So gefiel ihr das Leben – auch fern von Paris.

Max war damit einverstanden, warum auch nicht?

Seltsam empfand er, dass Marie häufig still vor Hanno saß und ihn lange und aufmerksam betrachtete.

»Was machst du da?«, fragte er.

Sie winkte ab, als wäre sie bei etwas Verbotenem erwischt worden: »Ach, ich will nur wissen, nach wem er kommt.«

»Das werden wir früh genug herausbekommen«, sagte Max und lachte, ohne zu diesem Zeitpunkt zu wissen, wie recht er damit hatte.

Eine Giraffe stakst auf ihren vier endlos langen Beinen vorbei und schaut Max von oben neugierig in die Augen. Sie hat seidene Wimpern wie Marie, nur viel länger. Die Sonne fällt wie ein Stein hinter den Horizont, die Sterne beginnen zu glitzern, die Tierwelt erwacht. Alle haben Hunger: die Löwen auf die Zebras, die Elefanten auf die Bäume und Büsche, die Moskitos auf Max und Marie.

Am Wochenende hatten sie ein wechselseitiges Abkommen mit Freunden für die Betreuung der Kinder, das gut funktionierte, denn die Kleinen liebten es, bei ihren Kumpels zu übernachten.

Max und Marie fuhren dann mit ihrem kleinen Zelt hinaus in die Natur, an den Hartebeestpordam zum Schwimmen, Rafting und Angeln, oder in die Magaliesberge zum Wandern. In der Natur erschien ihnen Afrika wie das Paradies, aus dem der Herrgott das erste Menschenpaar vertrieb, weil es die verbotenen Früchte vom Baum der Erkenntnis probiert hatte. Sie begriffen, dass das wahre Eldorado hier unter freiem Himmel war und nicht in der Stadt, wo sich die Ereignisse und Unterhaltungsangebote überschlugen. Die Kraft der Natur erschien ihnen unermesslich und machte sie bescheiden und glücklich.

Wie Kinder lagen sie im Gras, schickten nachts staunende Blicke in den Sternenhimmel und machten sich bewusst, wie winzig der Mensch und seine Probleme waren.

»Vielleicht sind wir nur ein Zufallsprodukt der Evolution, dessen Lebenszeit endlich ist und dessen Gattung eines fernen Tages ausstirbt«, philosophierte Max.

»Dann bin ich dankbar, heute noch dazuzugehören. Mit dir«, sagte Marie.

»Glück ist das Einzige, das sich verdoppelt, wenn man es teilt.«

Abends brieten sie am offenen Feuer die Forellen, die sie geangelt hatten, und nachts verkrochen sie sich in ihr kleines Zelt und achteten darauf, ihre Wanderschuhe in Sicherheit zu bringen, denn umherstreunende Hyänen liebäugelten gern mit dem verschwitzten Leder und verschwanden damit.

Max und Marie machten die Erfahrung, dass sie nirgendwo in der Welt so leicht einschliefen wie im Freien unter einem Segeltuch.

Dass sie nirgendwo so häufig in der Nacht durch fremde Laute aufwachten. Dass sie nirgendwo bei Sonnenaufgang ohne Wecker wach wurden und freiwillig aufstanden.

An einem frühen Herbsttag begannen sie, ihr Zelt im Schatten neben einem riesigen Marulabaum aufzubauen. Kaum hatten sie die Heringe eingeschlagen und die Plane festgezurrt, als sie plötzlich von Pavianen und Warzenschweinen umringt waren. Die sonst sehr scheuen Tiere zeigten keinerlei Angst vor den beiden. Ihr Interesse galt ausschließlich den goldgelben, mirabellengroßen Marulafrüchten, die überreif auf dem Boden lagen.

Max und Marie suchten Zuflucht in ihrem Zelt, von wo aus sie ungehindert dem Spektakel zuschauen konnten, das sich vor ihren Augen abspielte.

Die Affen und die Warzenschweine balgten sich um jede Frucht, obwohl es überreichlich davon gab. Schon bald begann es in ihren Mägen zu gären und sich in Alkohol umzuwandeln. Ihr Gleichgewicht geriet ins Wanken, tollpatschig tapsten sie um den Baum herum. Die Warzenschweine knickten mit den Vorderläufen ein, wenn sie nach den Früchten schnappten. Einige Paviane hielten sich kichernd aneinander fest, andere wurden laut und zän-kisch. Sie waren betrunken und torkelten hin und her. Am Schluss fielen allen die Augen zu, und es kehrte wieder Ruhe ein.

Die Party war zu Ende.

Max beobachtet ein Chamäleon. Das linke Auge schaut in eine völlig andere Himmelsrichtung als das rechte. Ständig ändert es die Farbe. Es erinnert ihn an Marie.

Unter der Woche war Marie mit den Kindern beschäftigt. Sie sorgte sich um ihr Wohl, achtete auf gesunde Ernährung, auf genug Bewegung, schenkte ihnen das schönste Spielzeug, plantschte mit beiden im Pool und brachte ihnen das Schwimmen bei. Jeden Abend las sie ihnen eine Gutenachtgeschichte vor, auf Französisch natürlich. Sie versuchte, eine gute Mutter zu sein, aber was auch immer sie tat, es geschah mit einem gewissen Abstand, aus Pflichtgefühl. Was ihr fehlte, war Wärme, und es dauerte nicht lange, bis sie sich eingestehen musste, dass sie nicht dafür geboren war, ausschließlich Mutter und Hausfrau zu sein. Es reichte ihr nicht. Sie war zu lebenshungrig, ihr fehlte die schnelle Abwechslung, die Suche nach dem ewig Neuen. Sie begann, das bestehende Mobiliar auszuwechseln und Sessel und Sofas mit neuen Stoffen zu bespannen. Rund um den Pool leuchteten bald die drei Sonnenschirme in den Nationalfarben Frankreichs *bleu, blanc, rouge.*

Die Bilder der Vorbesitzer, alte Stiche aus der Kolonialzeit, verschwanden aus den Rahmen, um Platz zu machen für französische Impressionisten.

Als Elton Hanno und Charlotte das Kinderlied *Tula Baba* auf Zulu beibrachte, begann sie sich für diese Sprache zu interessieren. Wie bei allem genügte es ihr, rudimentäre Ansätze zu erlernen, aber im Bekanntenkreis erhielt sie Lob und Aufmerksamkeit für ihren Eifer. Das gefiel ihr.

Elton brachte ihr einfache Begriffe bei. Oft saßen sie im Hinterhof zusammen, und Marie schaute ihm zu, wie er mit einfachsten Mitteln kleine Holzskulpturen anfertigte. Als Schnitzmesser benutzte er Max' Schraubenzieher, den er an der Spitze geschärft hatte.

»Das ist fabelhaft, Elton!«, sagte Marie bewundernd. »So kraftvoll. So modern. Was bedeutet diese Figur?«

»Das ist ein Uli Ulo.«

»Uli Ulo. Was für ein hübscher Name. Wofür brauchst du das?«

»Ich brauch das nicht. Ein Uli Ulo ist für die Frau, die sich ein Kind wünscht. Sie legt das Uli Ulo ins Bett – und bums – kommt Baby.«

Max konnte sich nicht vorstellen, dass sich jemand für diese merkwürdige Figur interessierte oder sie möglicherweise als Dekoration ins Wohnzimmer hängte. Aber er kaufte ihm die Uli-Ulo-Schnitzerei ab, weil er Elton gern unterstützte und sie Marie gefiel. Auf ihren Vorschlag schickte er sie seiner Mutter, die für ihre Kunstgalerie ständig auf der Suche nach besonderen Einzelstücken war.

Nach einigen Monaten schrieb sie zurück: »Ich habe versucht, die Figur zu verkaufen, war leider erfolglos. Jetzt steht sie zu Hause auf dem Couchtisch, wo Bella sie täglich beschnüffelt. Offensichtlich mag sie den Geruch von Afrika.«

Zwei Monate später kam ein weiterer Brief: »Stellt euch vor, unsere alte Bella ist zum ersten Mal in ihrem Leben trächtig. Vater ist sehr aufgeregt.«

Max stellt unter der Dusche erstaunt fest, dass seine Haut immer dunkler wird, obwohl er kaum Zeit hat, sich zu sonnen. Auch sein Kopfhaar kräuselt sich, selbst mit dem Föhn lässt es sich nicht glätten. Elton betrachtet ihn und meint, das stehe ihm gut.

Während Marie im Laufe der Zeit immer mehr Gefallen an afrikanischer Kunst fand, arbeitete sich Max zunehmend und mit voller Kraft in die Geschäftsführung der südafrikanischen Firma ein.

Der Anfang hatte sich, wie fast aller Anfang, als schwierig gestaltet. Gleich am ersten Tag hatte er deutlich die innere Abwehrhaltung des Managements gespürt. Er kam zwar als der Sohn des deutschen Konzernchefs und war daher mit einem Sonderstatus ausgestattet, aber er war Theoretiker, ein Grünling, der gerade erst sein Studium abgeschlossen hatte. Mussten nun etwa alle nach seiner Pfeife tanzen? Max hatte mit dieser Antihaltung gerechnet, deshalb schlug er vor, aus den vielen einzelnen kleinen Geschäftsräumen ein lichtdurchflutetes Großraumbüro zu schaffen, in dem auch er selbst zu arbeiten gedachte. Er wollte deutlich machen, dass er sich als Gleicher unter Gleichen verstand. Er wollte, zumindest innerhalb des Managements, demokratische Entscheidungen treffen. Manche trauten ihm nicht und vermuteten darin nur eine Beschwichtigungsstrategie. Wenn es darauf ankam, würde doch er allein entscheiden.

Umso größer war schon bald ihr Erstaunen, als es bei einem Meeting in einer wichtigen Angelegenheit zu einer Abstimmung kam, in der Max unterlag. Alle waren gespannt, was als Nächstes passieren würde. Würde er sich einfach darüber hinwegsetzen, das Ergebnis ignorieren und tun, was er für richtig hielt? Max stutzte. Er erbat sich eine Pause. Dann überprüfte er die Argumente, ließ sich überzeugen und akzeptierte den Vorschlag der anderen.

Es war der Wendepunkt in der Unternehmenskultur. Die Mitarbeiter verloren ihr Misstrauen und berieten gemeinsam über Möglichkeiten, Perspektiven und Probleme. Max war erleichtert, denn noch war ihm die komplizierte südafrikanische Rechtsordnung, die auf dem römisch-holländischen Recht und dem englischen Gewohnheitsrecht basierte, nicht geläufig. Aber er war zuversichtlich, dass er in Zukunft mit klarem, nüchternem Verstand und tüchtigen Mitarbeitern an seiner Seite, die ihn schätzten und respektierten, das väterliche Zweigwerk würde leiten können.

Monatlich schickte er einen Bericht nach Deutschland, und einmal im Jahr reiste er in die Heimat, um den Vater über Umsatz, Kosten und zu erwartendes Wachstum zu informieren. Seine Karriere gab Anlass zu großen Hoffnungen. Alles lief wie von selbst, und langsam reifte in ihm die Vorstellung, für immer hier in Afrika zu leben.

Je mehr das Unternehmen expandierte, desto häufiger musste er neue Leute anwerben. Er überlegte, woran man in diesem Land geeignete Führungskräfte erkannte. Für einen Firmenchef, der er später mal sein würde, würde es zwingend notwendig sein, den richtigen Mann an die richtige Position zu setzen. Dafür waren Anzeigen mit genauer Stellenbeschreibung in großen Tageszeitungen nötig, die Bewerber mussten sortiert und interviewt werden. Wer von zwei ähnlich strukturierten und qualifizierten Kandidaten passte besser in den Job: der Gründliche, der Entscheidungen nach reiflicher Überlegung fällte, oder der Tatkräftige, der auch mal ein Risiko einging? Wer von beiden würde ihm folgen und konnte die Mitarbeiter besser mitreißen und motivieren?

In seinem Betriebswirtschaftsstudium hatte er ein Seminar in psychologischer Menschenführung belegt, wo es um die drei Ks ging, Kooperation, Koordination, Kommunikation. Er hatte gelernt, dass es Menschen gab, die führen wollten, und solche, die geführt werden wollten. Das war der Kernansatz. Damals war das noch reine Theorie für ihn gewesen und völlig wirklichkeitsfremd. Er hatte nicht viel damit anfangen können. Jetzt ging es um die Praxis, in der er sich keine Fehlentscheidung erlauben durfte.

Er beriet sich mit den Kollegen, aber unerwartet erhielt er Anregung durch ein Erlebnis in der Goldmine St. Helena, die er belieferte.

Täglich strömten zahlreiche Arbeitssuchende aus den umliegenden Staaten dorthin, um Geld zu verdienen, das sie größtenteils nach Hause zu ihren Familien in den Kraals schickten. Es war hart verdientes Geld. Die Verständigung war schwierig, alle sprachen unterschiedliche Sprachen und Dialekte. Man schlug sich durch mit *Fanakalo,* einer Art Pidgin-English, das sich aus einer primitiven Mischung vieler verschiedener Sprachen zusammensetzte und einen sehr begrenzten Wortschatz hatte.

Bewerbungsschreiben, Lebensläufe, Zeugnisse waren unbekannt, Vorkenntnisse im Bergbau nicht vorhanden. Wie sollte er unter so komplizierten Voraussetzungen eine Führungskraft erkennen?

Zwei Dutzend schnatternde, verlegen grinsende Schwarze kamen Max entgegen. Alle trugen einen grauen Overall und schwere schwarze Gummistiefel. Sie marschierten an ihm vorbei auf einen großen staubigen Platz, der in der Mitte durch eine vier Meter hohe Holzwand unterteilt war. Plötzlich und unerwartet hörte man über Lautsprecher Löwengebrüll, das näher und näher kam. Unruhe entstand. Einige Arbeiter versteckten sich hinter dem Rücken des Vordermannes, andere versuchten mit Anlauf die Holzwand zu überklettern. Sie scheiterten, rutschten ab und brachen sich die Fingernägel. Panik breitete sich aus. Da ergriff einer aus der Gruppe die Initiative, stellte sich mit dem Rücken zur Wand, verschränkte die Hände ineinander, pfiff den Nächststehenden herbei und wies ihn an, sich über eine Räuberleiter auf die andere Seite in Sicherheit zu bringen. Schnell bildete sich eine Schlange, alle wollten sich auf diese Art retten. Aber das Gebrüll der Löwen wurde lauter, kam immer näher. Der Anführer teilte die Leute in mehrere Gruppen auf, die es ihm nachmachten, und im Nu hatten alle bis auf ihn selbst die Mauer überwunden. Nun wies er zwei Männer an, sich oben auf die Kante zu stellen und einen dritten kopfüber an den Füßen festzuhalten, der so die Hände frei hatte und den Anführer als Letzten hochziehen konnte.

Genial. Max hatte seine Führungskraft gefunden, und er war verblüfft von diesem afrikanischen Erfindungsgeist, den er sich in seinem Unternehmen zunutze machen wollte. Und es trug dazu bei, dass er sich immer mehr für dieses Land und seine Leute begeisterte.

Anfangs hatte ihn Afrika durch seine karge und dennoch paradiesische Schönheit fasziniert. Doch ihm waren schon bald die unlösbaren Probleme bewusst geworden, die das Land plagten, die Armut, die Überbevölkerung, die Krankheiten, die Kriminalität und vor allem die Politik der Apartheid. Die Rassentrennung per Gesetz erinnerte ihn an das Dritte Reich.

Aber Lethargie und Pessimismus würden die Welt nicht ändern, das hatte er schnell gemerkt. Er musste handeln. Und so begann er, sich um seine schwarze Belegschaft zu kümmern. Er ließ kleine Häuser ganz in der Nähe bauen, die sie gegen ein geringes Entgelt mieten konnten, eröffnete eine Schule, kaufte zwei Schulbusse, eröffnete einen Kindergarten, eine Krankenstation, eine Kantine mit kostenlosem Mittagessen und setzte sich bei Schwierigkeiten mit der Passbehörde persönlich ein. Den Fähigsten vermittelte er nach der Schule Weiterbildung und Zugang zur Universität. Mit all diesen Maßnahmen gelang es ihm, den Lebensstandard seiner Mitarbeiter zu verbessern und damit ihr Vertrauen zu gewinnen.

Plötzlich sank der Krankenstand, täglich bewarben sich mehr und mehr Menschen, um in seinem Unternehmen zu arbeiten und sich einzubringen. Der Umsatz wuchs, und als Max der Belegschaft eine Beteiligung am Unternehmensgewinn versprach, begannen sie ihn zu verehren. Er war nicht mehr der namenlose fremde Boss, sondern mutierte zum *Chief Max*.

Ihm selbst gab dieser Erfolg Kraft und Mut. Er lernte, seine eigenen Fähigkeiten zu erkennen und zu nutzen und seine Grenzen zu akzeptieren. Für die ferne Zukunft schmiedete er große Pläne.

Als er Elton fragte, wie er das Südafrika von morgen sähe, bekam er eine philosophische Antwort: »Boss, ich sehe schwarz.«

* * *

Anders erging es Marie. Für sie wandelte sich die anfängliche Neugierde auf das neue Land in Routine. Durch Elton hegte sie die Hoffnung, auch mit anderen schwarzen Künstlern in Kontakt zu kommen, aber das war äußerst schwierig unter dem stets wachen Auge der Polizei, die den Umgang der Rassen miteinander misstrauisch überwachte. Die beiden kleinen Kinder fesselten sie ans Haus. Die nimmermüde Sonne ließ sie von Regen und Schnee träumen. Die Einbrüche in der Nachbarschaft ängstigten sie. Je länger sie hier lebte und je besser sie das Land kennenlernte, desto fremder wurde ihr diese Welt. Die zahlreichen Gartenfeste der Europäer mit immer denselben Gästen und Gesprächen begannen sie zu langweilen. Das Apartheid-System stieß sie ab und versprach für sie und die Kinder keine aussichtsreiche Zukunft.

Sie träumte von einer Rückkehr nach Europa, das hieß nach Frankreich, nach Paris. Heimlich. Noch behielt sie es für sich, denn sie sah, wie glücklich ihr Mann in diesem Land war.

Einmal erwähnte sie beiläufig, dass sie sich irgendwann um ihre alten Eltern kümmern müsse. Max stutzte, waren ihre Eltern plötzlich von den Toten auferstanden? Mit einem Scherz ging er darüber hinweg, um eine Auseinandersetzung zu vermeiden. Er wollte keinen Streit, dafür liebte er sie zu sehr.

Zwei Ereignisse verstärkten Maries ablehnende Haltung. Erst war es ein nächtlicher Raubüberfall, bei dem sich Einbrecher Zugang zur Küchentür verschafft hatten. Mitten in der Nacht standen sie im elterlichen Schlafzimmer und rissen Max und Marie aus ihren Träumen.

»Money! Gold!«

Sie erhielten, was sie wollten. Die Familie kam mit dem Schrecken davon. Am nächsten Tag wurde vor allen Fenstern und Türen eiserne Gitter angebracht, damit sie ruhig schlafen konnten.

Eine Schlange, die sich selbst in den Schwanz beißt, rollt an Max vorbei und verschwindet in der Dunkelheit. Hanno taucht auf, er weint, sein Ball ist weg.

Max nahm seinen Sohn an die Hand und ging mit ihm gemeinsam auf die Suche nach einem verlorenen Ball. Zuerst stöberten sie im Gras, dann unter den Proteen, schließlich entdeckte Max ihn im Steingarten. Als er sich bückte, um ihn aufzuheben, spürte er einen kurzen schmerzhaften Stich. Er schrie vor Schreck auf und schlug nach dem vermeintlichen Insekt. Marie kam herbeigestürzt. Zitternd hielt er ihr seinen Arm entgegen, zwei dicht nebeneinander liegende Einstiche markierten den Biss einer Schlange.

»Merde«, rief sie und versuchte verzweifelt, die Stelle auszusaugen. Max wurde schwindelig, er schlotterte am ganzen Leib, übergab sich und krümmte sich vor Schmerzen. Sein Blick verschwamm, der Arm verfärbte sich und schwoll an, als wäre er mit kochendem Wasser überbrüht.

»Ruf den Notarzt!«, schrie er.

Es dauerte eine endlose halbe Stunde, bis der Doktor eintraf, der es nicht eilig zu haben schien. Gemächlich schälte er sich aus seinem Fahrersitz, sammelte seine Utensilien zusammen und folgte gelassenen Schrittes dem Aufruhr im Garten.

»Beeilen Sie sich doch!«, rief Marie ihm entgegen. »Mein Mann stirbt!«

Der Arzt legte beschwichtigend seine Hand auf ihren Arm und begutachtete in aller Ruhe die Wunde.

»Keine Panik. Haben Sie die Schlange gesehen? Nein? Kein Wunder, die verduften schneller als der Wind. Eine schwarze Mamba kann es nicht gewesen sein, die hat Nervengift. Bei Nervengift bleiben nur wenige Minuten zum Überleben. Das würde bedeuten, dass Ihr Mann jetzt schon tot wäre, und ich wäre umsonst gekommen. Ich vermute, dass es eine Puffotter war. Die verspritzt Blutgift und schlägt nur zu, wenn sie sich bedroht fühlt. Tut weh, aber man hat ein paar Stunden mehr Zeit, bis das menschliche Gewebe zersetzt wird, das Blut verklumpt und die Stelle anfängt, bei lebendigem Leib zu verfaulen. Aber keine Sorge, ich bin ja rechtzeitig da«, tröstete er und spritzte das Antiserum.

*E*in Telefon schrillt. Die Mutter ist am Apparat: »Max, bitte komm so bald wie möglich nach Hause. Vater hat Probleme. Ein Gerücht geht um. Aber lass dir nicht anmerken, dass du das von mir erfahren hast.«

Es fiel ihnen nicht leicht, das schöne Haus zu verkaufen, das Marie so wohnlich eingerichtet hatte. Es fügte sich, dass Max' Nachfolger in der südafrikanischen Niederlassung wie einst er selbst eine Bleibe für sich und seine Familie brauchte und es gern übernahm.

»Unter einer Bedingung«, sagte Max, »Elton muss bleiben und hier weiterhin einen sicheren Job haben.«

Beim Abschied hatte Elton Tränen in den Augen.

»Boss, ich verspreche dir, ich passe auf deine zwei Avocadobäume auf und gebe ihnen jeden Tag zu trinken, damit sie groß und stark werden. Wenn ich die Früchte esse, denke ich an euch.«

Marie umfasste gerührt seine Hände. »Leb wohl, mein Freund. Ob wir uns jemals wiedersehen?«

»Abschied ist nicht Ende, Madam. Du bist erst tot, wenn niemand sich an dich erinnert. Dein Geist lebt weiter auf der Erde. Du musst ihm nur sagen, wohin du gehst. Du musst eine Linie mit Kreide auf die Straße malen oder Zweige hinlegen, damit er dich findet.«

Max lachte und überreichte ihm ein Dutzend frankierte Postkarten mit Fotos der Familie und seiner deutschen Adresse.

»Schreib mir mal.«

Elton drückte die Bilder an sein Herz. »Zu schade für Briefkasten. Ich behalte sie.«

Dunkelheit, Wind, Regen. Vier taumelnde, aufgespannte Regenschirme durchbrechen die Wolkendecke und landen auf der Terrasse des hell erleuchteten Hauses.

Die Verandatüren öffnen sich. Die Eltern treten heraus, ergreifen die Schirme, schließen sie, schütteln sie trocken und nehmen sie mit ins Haus. Das Licht erlischt.

Schatten werfende Gestalten tauchen auf und versuchen durch die Fenster zu blicken. Vorhänge werden vorgezogen, Rollos vor Türen und Fenstern schließen sich geräuschlos.

Nach drei Jahren, sechs Monaten und zwölf Tagen kehrten Max und Marie nach Deutschland zurück, mit Hanno und Charlotte im Handgepäck. Mitte November landete ihr Flieger bei Nieselregen am Flughafen Frankfurt am Main.

Sie hatten die Vorweihnachtszeit gewählt, um sich neu zu orientieren, einen passenden Kindergarten zu finden und Max in die deutsche Zentrale der Firma zu integrieren, in der es in diesen Wochen normalerweise etwas ruhiger zuging.

Alles schien neu und anders. Die Umstellung von Sommer auf Winter war für sie problematisch. Die Nasskälte machte ihnen zu schaffen, es wurde spät hell und früh dunkel. Anders als in Afrika spielte sich alles Leben in beheizten Räumen unter Kunstlicht ab. Der allgegenwärtige Nebel legte sich auf ihr Gemüt. Die Farben der Natur wurden zum Spiegelbild der deprimierenden Feiertage, Volkstrauertag, Totensonntag, Buß- und Bettag, Allerheiligen. Die Kinder liefen mit triefenden Nasen durch die Gegend. Dicke

Anoraks, Schals, Mützen und Gummistiefel mussten angeschafft werden. Regenschirm und Trenchcoat wurden zu ständigen Begleitern.

Trotz der einwandfrei funktionierenden Zentralheizung fröstelten sie. Der Einstand in das deutsche Leben war komplizierter als damals der Neuanfang in Südafrika.

* * *

Max befasste sich mit dem Gerücht, das die Mutter angedeutet hatte. Er erfuhr, dass das Patent, auf dem aller Erfolg und Wohlstand der Firma und der Familie seit vielen Jahren beruhte, im Frühjahr 1944 vom Vater angeblich auf mysteriösen, krummen Wegen erworben worden war.

Die Mutter sprach nur im Flüsterton von ihren Sorgen: »So ein Gerücht ist heimtückisch wie eine Krebszelle. Niemand weiß, wie es entstanden ist, wer es in die Welt gesetzt hat. Plötzlich ist es da. Es beginnt zu wachsen, zu wuchern und das Gift des Zweifels zu verteilen.«

Hilflos kreuzte sie die Hände vor der Brust, als wollte sie festhalten, was nicht festzuhalten war. »Dem Gerücht ist es egal, ob es am Ende wie die Krebszelle mit dem Opfer stirbt. Unsere Firma ist in Gefahr, Max. Bitte, hilf uns, da rauszukommen.«

Max dachte nach. Handelte es sich wirklich nur um ein fieses Gerücht, oder war etwas an der Sache wahr? Hatte möglicherweise die Konkurrenz das Gerücht in die Welt gesetzt? Eigentlich besaß die Firma ein Monopol, der Vater hatte längst alle Mitbewerber geschluckt, verdrängt, in die Pleite oder in den Vergleich getrieben. Zum Beweis hatte er in seiner Jagdhütte zwischen all den Geweihen der Hirsche, Rehböcke und Gamsen gerahmte Bilder und Karikaturen seiner Widersacher aufgehängt, sozusagen als Trophäen des kaufmännischen Jägers, der den Weltmarkt hegte und pflegte.

Max ging im Geist alle Rivalen seines Vaters durch, an die er sich erinnerte, aber er fand niemanden, dem er so ein charakterloses Vorgehen zutraute. *Der Zweck heiligt die Mittel*, hatte der skrupellose Renaissance-Philosoph Machiavelli behauptet. Moral und Sittlichkeit legte er als Schwäche aus. Das wahre Ziel im Leben sei, die eigene Macht und das eigene Wohl zu mehren.

Max war natürlich bewusst, dass Vertreter solcher Thesen auch heute sowohl in der Politik als auch in der Wirtschaft existierten, aber er selbst war anderer Meinung. Dem Vater traute er Härte und knallhartes Durchsetzungsvermögen zu, er selbst war oft genug Zeuge dessen gewesen. Aber Missbrauch?

Er verwarf den Gedanken und suchte weiter nach einer anderen Erklärung für das Gerücht, bevor er den Vater direkt damit konfrontierte. Was ihn erstaunte, war die Haltung der Mutter. Mehrmals hatte sie ihn fast angefleht, dass er, Max, ihnen helfen solle. »Wir sind doch deine Eltern!« Neuerdings wurde das *Uns* großgeschrieben: »Bitte, hilf *uns*!« Rückten die Eltern in der Not zusammen? In der Vergangenheit hatte die Mutter ausschließlich von Vaters Firma gesprochen, Vaters Erfolg, Vaters Geld. Und plötzlich hieß es *hilf uns.* Wusste sie mehr, als sie zugab? Oder hatte sie bloß Angst um den Ruf der Familie und der Firma? Warum konnten sie nicht alle offen miteinander darüber sprechen?

Max, Marie und die Kinder zogen in das große Familienhaus ein. Anfangs hatten sie gezögert, Marie scheute sich vor allzu großer Nähe und Einflussnahme der Schwiegereltern. Aber wo sollten sie so schnell hin mit all ihren Siebensachen, die sich in ihrer Afrika-Zeit angesammelt hatten und die ihnen lieb geworden waren? Das rastlose Leben musste ein Ende haben, schon der Kinder wegen.

»Die Villa ist viel zu groß für uns zwei«, hatte die Mutter überzeugend argumentiert. »Der oberste Stock ist frei. Das vordere

Zimmer war früher ja sowieso dein Reich, Max. Die Zimmer mit eigenen Bädern hatten wir damals für die Gäste eingerichtet, die die Firma besuchten, als es noch kein angemessenes Hotel im Ort gab. Sie sind schon seit Langem unbewohnt.«

Sie gingen von Raum zu Raum und freundeten sich langsam mit der Idee an.

»Mimi hat alles für euch hergerichtet, geputzt und die Betten bezogen. Wir wären sehr glücklich, wenn ihr zu uns zieht. Ihr seid herzlich willkommen.«

Und so geschah es, sie willigten ein. Für Max waren die kurzen Wege zur Firma ideal, für die Kinder fand sich ein Kindergarten ganz in der Nähe, und Marie akzeptierte es als Übergangslösung, bis sie ein eigenes Haus gefunden hätten.

Das Familienleben entwickelte sich zunächst weniger problematisch als gefürchtet. Zum Frühstück waren sie meist nur zu viert. Der Vater war Frühaufsteher. Kurz vor Sonnenaufgang fuhr er gern zu seinem Hochsitz und erfreute sich an seinem Jagdrevier. Hier widersprach ihm niemand, und er war Herr über Leben und Tod.

Die Mutter war eine Nachteule. Sie hatte ihr eigenes Reich, denn sie litt unter Schlafstörungen und hatte es sich zur Gewohnheit gemacht, nachts im Bett zu lesen. Vor zehn Uhr in der Früh kam sie selten aus den Federn, wenn die anderen längst ausgeflogen waren. Dann konnte sie sich allein an den geliebten Flügel setzen und sich ungestört der Musik hingeben.

Mittags gab es improvisierte leichte Mahlzeiten zu unterschiedlichen Zeiten, aber am Abend versammelten sich nach Möglichkeit alle sechs um den langen Mahagonitisch, und Mimi verwöhnte sie mit ihren Kochkünsten.

»Endlich Leben in der Bude«, sagte sie lachend.

Wie recht sie hatte! Max erinnerte sich, dass es früher immer sehr still bei Tisch zugegangen war. Der Vater hatte stumm das

Essen in sich hineingelöffelt, das Schweigen hatte zwischen ihnen gesessen wie eine vierte Person. Gelegentlich hatte er etwas vor sich hin gebrummelt und zwischen den Gängen seine Pfeife gequalmt. Die Mutter hatte lächelnd Augenkontakt zu Max gehalten, der als Einzelkind verloren zwischen den Eltern saß, hatte ihm gelegentlich zugezwinkert oder den Finger auf die Lippen gelegt, wenn er etwas sagen wollte. Kinder hatten bei Tisch nur zu reden, wenn sie gefragt wurden.

Wie anders jetzt alles war! Vor allem hatte Max sich verändert, äußerlich wie auch mental und emotional. Tonfall, Gestik und Körpersprache zeigten Selbstbewusstsein und Sicherheit. Sein Kopf wirkte kantiger mit dem neuen Bürstenhaarschnitt, in den sich einige Silberfäden gemischt hatten. Er ging aufrechter durch den Alltag, ohne hängende Schultern und gesenkten Blick, wenn er mit dem Vater sprach. Er bat den Senior nicht mehr bei jedem Problem in der Firma um Rat, sondern er löste es selbst.

Er war pointiert und witzig, und man hörte ihm gerne zu. Wenn er erzählte, was für ein Umstandskrämer er früher einmal gewesen war, konnte er herzhaft über sich selbst lachen.

Er war im Leben angekommen, hatte sich selbst gefunden, wusste um seine Stärken und Schwächen. Er liebte seine Familie und sie ihn. In der Firma war er jetzt nicht mehr der Junior, sondern der Juniorchef.

Er wusste, dass er die Kraft, es mit seinem Vater aufzunehmen, Afrika zu verdanken hatte. Seinem geliebten Afrika mit seinen einzigartigen Bewohnern.

Die Mutter nahm seinen Wandel mit großer Freude wahr. Er hatte sich so entwickelt, wie sie es sich immer gewünscht hatte. Die Enttäuschung, dass er nicht mehr Klavier spielte, ließ sie sich nicht anmerken.

»Später, versprach er ihr, »wenn ich mehr Zeit habe, werde ich das Klavierspiel wiederaufnehmen.«

Aber nicht nur Max hatte sich verändert, sondern auch der Vater. Er verhielt sich der Familie gegenüber gelassener und zugänglicher. War das frühe Altersweisheit? Hatte ein innerer Wandel stattgefunden? Oder hatte ihm das Gerücht um die Firma ein wenig Demut vermittelt? Nur zu Marie benahm er sich im Vergleich zu früher erstaunlich reserviert, fast gehemmt. Gelegentlich musterte er sie versteckt von der Seite. Zur Begrüßung nahm er sie nicht mehr in den Arm wie vor der Hochzeit, sondern beließ es im Beisein der anderen bei einem steifen angedeuteten Handkuss. Er rauchte zwar weiterhin, aber wenn die Enkel anwesend waren, legte er seine Pfeife zur Seite. Den beiden Kindern gegenüber verhielt er sich unterschiedlich. Während er sich bei Charlotte darauf beschränkte, die Wangen zu tätscheln, schenkte er Hanno seine besondere Aufmerksamkeit und Liebe. Er hörte ihm zu, beantwortete seine Fragen und machte seine Späßchen mit ihm, um ihn zum Lachen zu bringen. Er forderte ihn heraus, fragte nach seiner Meinung, alberte mit ihm herum, lag bäuchlings mit ihm auf dem Boden, und zusammen spielten sie mit der elektrischen Eisenbahn. Auch das Schachspiel brachte er ihm bei, wie einst Max. Hanno lernte schnell, auch wenn es noch nicht reichte, den Großvater zu schlagen. Er kämpfte verbissen, denn er hasste es zu verlieren, konnte jähzornig werden, und es kam vor, dass er die Figuren vor Wut auf den Boden schmiss.

Max fragte sich, was der Vater in Hanno sah, warum er sich gerade um ihn so intensiv kümmerte. Bevorzugte er ihn, weil er bis jetzt keine männliche Konkurrenz für ihn darstellte, weil er noch zu jung war, um ihm zu widersprechen? Oder liebte der Großvater seinen Enkel, weil er sich in ihm wiedererkannte? Aber was war mit Charlotte? Sie war doch auch sein Enkelkind! Max konnte es sich nicht erklären.

Um Hanno beim Schachspiel zu unterstützen, setzte er sich zu ihm ans Brett, obwohl er lange nicht gespielt hatte. Er konzentrierte sich, behielt die Ruhe und die Übersicht, sprach jeden Zug mit Hanno ab, und es gelang ihm, den Vater immer mehr in die Enge zu treiben. Erst ließ er ihn kommen, opferte ein, zwei Bauern, überwand mit einem Pferdsprung seine Angriffsreihe, fiel ihm in den Rücken, metzelte den schwachen Widerstand nieder und setzte den König matt.

»Gratuliere«, sagte der Vater leicht eingeschnappt, stand abrupt auf und verließ ohne ein weiteres Wort den Raum.

Hanno jubelte durchs ganze Haus und konnte sich kaum beruhigen.

Max fühlte stille Genugtuung.

Die Mutter sitzt vor einem antiken Gemälde und reinigt es vorsichtig mit Pinsel und Tuch. Als Marie vorbeikommt, zeigt sie es ihr. Marie beugt sich vor, versucht den Staub von der Leinwand zu pusten und bläst alle Farbe fort. Lächelnd holt sie einen Lippenstift aus der Tasche und malt ein rotes Herz auf die weiße Bildfläche.

Marie tat sich schwerer mit ihrem neuen Umfeld als gedacht. Ihre Anfangszweifel bestätigten sich, die Nähe zu den Schwiegereltern nahm ihr die innere Freiheit. Morgens, nachdem alle ausgeflogen waren, blieb sie allein mit der Schwiegermutter in dem großen Haus zurück. Bedrückende Stille umgab sie dann. Obwohl beide durch ein Stockwerk getrennt waren, lauschte jede auf eine Regung, auf eine Bewegung der anderen. Marie hatte das Gefühl, überwacht zu werden. Um nicht aufzufallen, zog sie die Schuhe aus und ging auf Socken. Immer wenn sie die Treppe hinunterkam, schien die Schwiegermutter schon auf sie zu warten, obwohl sie sich schnell hinter einem Buch oder einer Zeitung verschanzte.

Anfangs hatten sie noch die Nähe zueinander gesucht. Aber ihnen gelang der Kontakt nicht, beide waren zu verschieden, ihre Interessen wichen zu sehr voneinander ab. Die empfohlenen deutschen Bücher blieben ungelesen. Die französischen Chansons fanden keinen Beifall. Grüner Tee vertrug sich nicht mit schwarzem Filterkaffee. Gespräche über die Erziehung der Kinder mündeten unweigerlich in Konfrontation, die antiautoritäre Praxis der 68er Generation leistete ihren Beitrag. Also mieden sie das Thema. Sie gingen höflich miteinander um, doch ihr Zusammenleben wirkte verkrampft und gekünstelt.

Maries Anhänglichkeit wirkte flatterhaft auf die Schwiegermutter. Sie fand, dass die junge Frau ihre Sympathien mit allzu großer Leichtigkeit verteilte und ebenso schnell wieder entzog. Sie warf ihr vor, dass sie mit ihrem Charme und ihrer gazellenhaften Schönheit spielte und Vorteile daraus zog. Fast schwerelos schien sie durch den Alltag zu schweben. Mit großen Augen, in denen der Betrachter sich spiegeln konnte, schaute sie auf das Leben. Aber was die Bilder, die sie in sich aufnahm, seelisch in ihr auslösten, behielt sie für sich. Vielleicht lag es ja daran, dachte die Schwiegermutter, dass sie als Kind niemals absolutes elterliches Vertrauen erfahren hatte.

Deshalb brachte sie eines Tages eine Idee vor: »Marie, meine Liebe, könntest du dir vorstellen, mich in der Galerie zu vertreten? Mir fällt es allmählich schwer, die vielen Stunden am Tag zu stehen. Wenn du den Vormittag übernehmen könntest, während Hanno und Charlotte im Kindergarten sind, wäre das sehr hilfreich.«

Sie erschrak selbst etwas über ihren forschen Vorschlag und fügte relativierend hinzu: »Natürlich nur, wenn du magst. Du sollst dich nicht gedrängt fühlen und kannst natürlich jederzeit wieder aufhören. Aber vielleicht macht es dir Spaß. Du hattest dich ja schon in Afrika für Kunst interessiert, soweit ich mich erinnere.«

Marie war mehr als einverstanden, für sie war es eine willkommene Abwechslung. Weg von den familiären Zwängen. Sie machte sich schick und überraschte die Kunden mit ihrem französischen Charme.

»Oh, ein neues Gesicht! Sind Sie die Schwiegertochter?«

Sie nickte und lächelte.

»Sind Sie jetzt immer hier?«

»Nur vormittags. Nachmittags ist meine Schwiegermutter wieder hier.«

»Ach so.«

Manche Stammkunden kamen jetzt absichtlich nur morgens ins Geschäft, und am Ende hatte Marie oft doppelt so großen Umsatz gemacht wie ihre Schwiegermutter, die nicht mit Lob sparte: »Meine Liebe, du bist ein Verkaufsgenie!« Mit Dankbarkeit dachte Marie an ihre einstige Ausbildung in den Galeries Lafayette.

Der Gedanke, dass das Verhalten mancher Kunden mit dem kursierenden Gerücht zusammenhängen könnte, kam ihr nicht. Und doch war es so. Es wurde getuschelt.

»Die haben eh genug!«, sagten die Leute. »Die können den Hals nicht voll genug kriegen und müssen jetzt auch noch einen Laden besitzen.«

»Die hübsche Französin kann ja nichts dafür, die hat ja nur in die Familie eingeheiratet.«

»Aber eines Tages, wenn die Alten tot sind, wird auch die in deren Geld schwimmen.«

*E*in kreisrunder Lichterkranz schwebt an Max vorbei. Er schaut interessiert hinterher und lächelt bei dem Gedanken, dass es sein eigener Heiligenschein ist, der ihm vom Kopf weht.

Vor vielen Jahren am zweiten Advent, sie wohnten schon über ein Jahr bei den Eltern, war Max spät aus der Firma nach Hause gekommen. Er fischte seine Aktentasche vom Rücksitz seines Autos, riss sich den beengenden Schlips vom Hals und schloss den Wagen ab. Feierabend.

Die Haustür flog auf, und Charlotte kam ihm schluchzend entgegen. Drinnen hörte er die schneidende Stimme seines Vaters.

»Erst vor einem Monat habe ich das alte Parkett mit den kostbaren Intarsien abschleifen und versiegeln lassen. Das hat mich ein Vermögen gekostet. Und sieh dir jetzt die Sauerei an, die dieses Kind veranstaltet hat!«

Charlotte klammerte sich verängstigt an den Vater. »Ich habe nichts gemacht.«

Aber der Großvater schimpfte weiter. »Warum spielst du nicht oben in deinem Zimmer, da kannst du so viel Dreck machen, wie du willst.«

Alle schauten wie hypnotisiert auf den ungewohnten dunklen Ring auf dem wertvollen Parkett.

»Charlotte, sag ehrlich, warst du das?« Max kniete sich vor seine Tochter und sah ihr direkt in die Augen.

»Ich habe nichts gemacht«, wiederholte sie schluchzend. Sie presste ihre Lieblingspuppe an sich und erklärte: »Ich habe bloß für Prinzessin Wolke meinen Schwimmreifen da hingelegt, weil sie doch noch nicht schwimmen kann.«

»Ich habe nichts gemacht«, imitierte Max' Vater bissig das kleine Mädchen, »dabei sieht doch jeder Blinde, was das für ein Fleck ist. Mimi hat schon den ganzen Nachmittag daran herumgescheuert. Er geht nicht weg.«

Ein brennender Geruch kam plötzlich aus der Küche. Mimi schrie auf und stürzte aus dem Zimmer.

»Jetzt fehlt nur noch, dass die Gans verbrannt ist und wir beim Italiener Pizza bestellen müssen«, sagte der Vater übel gelaunt und steckte seine Pfeife an.

Aber der Braten war vorzüglich. Nur hatte niemand mehr so rechten Appetit, der Vorfall mit dem hässlichen Ring auf dem Parkett war allen auf den Magen geschlagen.

Am nächsten Morgen kam Charlotte in aller Herrgottsfrühe ins Schlafzimmer der Eltern gestürzt. »Mama, Papa, kommt schnell. Der dunkle Fleck ist weg. Ganz von allein.«

Verschlafen stolperten sie ins Wohnzimmer, und tatsächlich, er war verschwunden. Max blickte nach oben, um sich beim Herrgott für dieses Wunder zu bedanken, und knipste den Adventskranz mit den elektrischen Kerzen an, der über ihnen hing. Und auf einmal war der Fleck auf dem Parkett wieder da. Ungläubig schauten sie von oben nach unten und von unten nach oben, aber es dauerte eine Weile, bis sie kapierten, dass es der Schatten des Adventskranzes war, der ihnen ein solches Dilemma beschert hatte. Selten wurde in diesem Haus so gelacht.

Dennoch gab es ein Nachspiel, denn Mimi hatte vehement und mit so scharfen Mitteln an dem Corpus Delicti gescheuert, dass statt des dunklen Flecks nun ein heller geblieben war, der lange Stoff für eine unterhaltsame Geschichte bot.

Eine Ratte mit einem Tannenzweig zwischen den Raffzähnen huscht vorbei. Ihr rosafarbener nackter Schwanz brennt hell wie eine Weihnachtskerze.

Am Vorabend zum sechsten Dezember suchten die Kinder im Schuhschrank nach ihren größten Stiefeln, putzten und wienerten sie und stellten sie draußen vor die Haustür.

»Wann kommt der Nikolaus?«, fragten sie die Eltern.

»Mitten in der Nacht, wenn alle Menschen schlafen. Er will nicht gesehen werden.«

»Hat ihn echt noch niemand gesehen? Du auch nicht, Mama?«

»Nein, ich auch nicht. Niemand.«

»Aber in unserem Kalender ist ein Bild, da drunter steht *Nikolaus*. Also muss der Maler ihn doch gesehen haben, sonst könnte er ihn nicht malen.«

»Du bist ein kluges Mädchen. Da magst du recht haben«, gab Max zu, weil ihm keine andere Antwort einfiel.

Marie sagte: »Weißt du, ein Maler ist ein Künstler. Und Künstler können manchmal etwas sehen, was du und ich nicht erkennen.«

»Dann will ich Künstler werden, wenn ich groß bin«, beschloss Charlotte.

Die Eltern gaben beiden Kindern einen Kuss und deckten sie liebevoll zu.

»Ihr müsst jetzt schlafen, sonst kommt der Nikolaus nicht. Träumt was Schönes.«

Als es still im Haus war, schlich Max im Schlafanzug barfuß die Treppe hinunter, im Arm eine große Tüte voller Süßigkeiten, wie es sich für den Nikolaus gehörte. Leise öffnete er die Haustür, als er die Stimme seiner Mutter hinter sich hörte.

»So ein Zufall! Das wollte ich auch gerade machen. Bitte leg meine Geschenke dazu.«

»So viel? Das passt ja gar nicht alles in die Stiefel.«

»Das schaffen wir schon. Aber hol sie lieber rein, es ist Regen angesagt.«

Im Flur füllten sie gemeinsam die Schäfte und lachten voller Vorfreude auf die Gesichter der Kinder, wenn sie am nächsten Morgen darüber herfallen würden. Der letzte Stiefel schien unten verstopft.

»Da hat wieder mal jemand die Socken drin gelassen.«

Max fasste hinein und zog seine Hand erschrocken zurück. Er drehte den Stiefel um und schüttelte ihn, heraus fiel eine nasse, erstochene Ratte.

Es dauerte eine Weile, bis beide den Schock einigermaßen überwunden hatten, die Mutter ihre blutdrucksenkende Pille geschluckt und Max die Ratte im Garten vergraben hatte.

»Wer macht denn so was? Und warum?«

Die Mutter zitterte am ganzen Leib. Max hakte sich unter und bemerkte erst jetzt, dass auch sie barfuß war.

»Du bist ja ganz kalt. Willst du zurück ins Bett?«

»Was soll ich da? Ich kann sowieso nicht schlafen. Lass uns einen Schnaps trinken auf den Schreck.«

Es blieb nicht bei dem einen, sie grübelten und suchten gemeinsam nach einer Erklärung.

»Vielleicht war das nur ein schlechter Scherz«, versuchte Max die Abscheulichkeit herunterzuspielen. Aber die Mutter schüttelte ihr offenes weißes Haar.

»Das hat bestimmt mit dem Gerücht zu tun.«

Max sah sie verblüfft an: »Du meinst das Gerücht um das Patent?«

»Ja.«

»Was ist damit, Mama, ist da was dran? Du hast schon so oft Andeutungen gemacht. Du hast uns gebeten, nach Deutschland zurückzukommen. Aber immer wenn ich nachhake, weichst du mir aus. Was ist dran an der Sache?«

Betroffen zuckte die Mutter mit den Schultern, fast schuldbewusst, als hätte sie schon zu viel gesagt. Sie nahm Max in die Arme und stand auf:

»Sprich mit deinem Vater.«

* * *

Marie erfuhr nichts von dem Vorfall mit der toten Ratte. Seit den Einbrüchen in Südafrika war sie ängstlich geworden und fühlte sich nirgends mehr sicher. Sie hörte nachts nicht vorhandene Geräusche und wollte nur noch weg. Einmal fragte sie Max, ob sie nicht wieder nach Paris ziehen könnten. Sie seien doch so glücklich dort gewesen!

»Wie stellst du dir das vor?«, fragte Max. »Das geht nicht. Der Hauptsitz der Firma ist hier.«

»Dann verlege ihn doch. Du bist der Juniorchef.«

»Das kann ich nicht. Irgendwann vielleicht, wenn Vater sich aus dem Geschäft zurückzieht.«

»Das wird nie geschehen. Solange er lebt, wird er die Zügel nicht aus der Hand geben.«

* * *

Der Vater nahm die Sache mit der Ratte persönlich. »Widerlich, die Sache mit diesem Vieh«, polterte er, als er allein mit Max am

Frühstückstisch saß. »Deine Mutter hat es mir erzählt. Weiß Marie davon?«

»Nein.«

»Gut. Wir sollten mit niemandem darüber reden. Das ist die beste Antwort auf so eine Provokation.«

»Hast du eine Vermutung, wer das getan haben könnte?«

»Keine Ahnung. Aber wer immer das war, der wird mich noch kennenlernen, dieses Arschloch.«

Nervös zog er an seiner Pfeife und hüllte sich in Qualm. Max entschloss sich spontan, dass dies der passende Augenblick war, endlich das heikle Thema anzuschneiden und Licht in das Geheimnis zu bringen:

»Vater, hat es vielleicht mit dem Patent zu tun, von dem die Leute reden?«

»Was meinst du? Wir haben Hunderte von Patenten laufen.«

»Das weiß ich doch. Aber das Gerücht bezieht sich auf den einen Fall aus der Nachkriegszeit, der unsere Firma so erfolgreich gemacht hat. Angeblich sollst du ein Patent benutzt haben, das dir gar nicht gehörte. Hast du vielleicht unabsichtlich einen Formfehler bei der Anmeldung begangen?«

»Jetzt fängst du auch noch damit an! Das ist eine infame Behauptung. Jemand will mir ans Bein pinkeln. Die meisten Menschen haben doch heutzutage keinen blassen Schimmer mehr, wie chaotisch die Jahre nach dem Krieg waren. Willst du wissen, wie es war?«

Max nickte.

»Alles lag in Trümmern. Die Reichsmark war keinen Hosenknopf mehr wert. Der Tauschhandel blühte: ›Ich schneide dir die Haare, dafür besohlst du meine Schuhe. Ich verlängere deine Hosenbeine, dafür besorgst du mir ein paar Schrauben und Nägel.‹ Am besten funktionierte noch die Zigarettenwährung. So ging das ein paar Jahre lang. Dann kam die Währungsreform. Ich erinnere mich noch ganz genau an den Tag. Es war Sonntag, der 20. Juni 1948. Die Amis hatten unser Geld in den USA gedruckt, es nach Deutschland befördert und an die Bevölkerung verteilt. Jeder erhielt ein Kopfgeld von 40 Mark, alles in Scheinen, einen 20-Mark-Schein, zwei Fünf-Mark-Scheine, drei Zwei-Mark-Scheine, zwei Eine-Mark-Scheine und vier Halbe-Mark-Scheine. Münzen gab es noch nicht. Gleich am nächsten Tag stellte sich das Wirtschaftswunder ein. Wo gestern in allen Regalen noch gähnende Leere geherrscht hatte, wo in den Schaufenstern Schilder mit der Aufschrift *Wegen Krankheit geschlossen* oder *Umbau* oder *Vergriffen* gestanden hatten, gab es auf einmal alles zu kaufen. Plötzlich brummte das Geschäft, und keiner wusste so recht, woher all die lang entbehrten Dinge kamen.«

Der Vater fühlte sich um viele Jahre zurückversetzt. Seine Pfeife ging aus. Er stopfte und entzündete sie neu und sog in sich gekehrt kräftig daran. Dicker Qualm umhüllte sein Gesicht. Nach einer Weile fuhr er nachdenklich fort.

»Die Zukunft und Hoffnung auf ein neues Leben hatte die Menschen ergriffen. Ich startete die Firma mit diesen 40 Mark. Einen Monat später erhielt ich vom Staat nochmals 20 Mark dazu. Das war alles, was ich hatte. Mein größtes Kapital war mein Wissen als Patentanwalt. Und das wollte ich nutzen. Ich wollte überleben. Ich wollte arbeiten, wollte teilhaben am Aufbau unseres Landes und nicht als Arbeitsloser stempeln gehen. Das Letzte, woran ich damals dachte, war eine Patentanmeldung oder entsprechender Rechtsschutz.«

Er machte eine kleine Pause und schien zu überlegen, wie er beschreiben sollte, was danach geschah. »Wenn es unter den Umständen dazu kam, dass ich ein Patent verletzt habe, dann war es unbeabsichtigt. Ehrlich. Ich bin mir keiner Schuld bewusst. Außerdem ist es eine Ewigkeit her. Mir jetzt einen Strick daraus drehen zu wollen, ist niederträchtig. Abgesehen davon, wie du ja weißt, haben Patente eine begrenzte Laufzeit von 20 Jahren. Ich …«

Die Sekretärin des Vaters klopfte an die Tür: »Die Herren aus den USA sind eingetroffen. Sie warten im Konferenzraum.«

*D*ie beiden Kinder laufen lärmend mit dem Schulranzen auf dem Rücken an Max vorbei. Sie bemerken ihn nicht. Marie fliegt dicht neben ihm nach Paris, Air France, 1. Klasse natürlich. Als sie ihre Tasche öffnet, um den Lippenstift zu suchen, fallen Geldbündel heraus.

Um der bedrückenden Atmosphäre im Haus der Schwiegereltern zu entfliehen, hatte Marie nach einigem Suchen eine hübsche Bleibe für die Familie gefunden, ein efeubewachsenes Kutscherhaus aus dem 19. Jahrhundert, mit dessen Renovierung und Möblierung sie viele Monate beschäftigt war. Doch als das erledigt war, stellte sie ernüchtert fest, dass der deutsche Alltag nicht zu ihrem Charakter passte. Alles war ihr zu reglementiert, zu kleinbürgerlich, zu ordentlich. Als Frau des Juniorchefs der größten Firma am Ort fühlte sie sich ständig beobachtet. Selbst zum Einkaufen hatte sie darauf zu achten, dass die Frisur richtig saß, dass sie korrekt gekleidet war, dass sie jeden begrüßte, niemanden übersah und dass sie ihre Einkäufe auf alle Läden gleichmäßig verteilte. Ihre Vorstellung vom Leben sah anders aus. Eigentlich war sie nie richtig angekommen in diesem Land und dessen Sprache. Sie fühlte sich fremd und unverstanden, selbst von ihrem Mann, der sich niemals aus den Fesseln der Firma befreien konnte. Sie sah in ihm einen Gefangenen des Pflichtbewusstseins, der zeigen wollte, dass er in die Fußstapfen seines Vaters passte, sich aber nicht eingestehen konnte, dass es nicht die seinen waren. Für sie war er unerreichbar geworden. Wie anders war der Max gewesen, den sie in Paris gekannt hatte, locker, verträumt, neugierig auf das Leben und allem Neuen gegenüber aufgeschlossen! In Afrika war er noch unbeschwert gewesen und hatte sie und die Kinder mit seiner Liebe verwöhnt.

Seine seelische Verkrampfung wirkte sich nicht nur auf den Alltag aus, sondern auch auf ihr Sexualleben. Der Wunsch nach Zärtlichkeit wurde immer seltener. Sie einigten sich auf getrennte Schlafzimmer. Die Ehe begann zu bröckeln. Sie waren einander zu Fremden geworden, die unter ein und demselben Dach wohnten.

So kam es, dass Marie verreiste, wenn Max für die Firma unterwegs war, am liebsten nach Paris. Dort nahm sie allein ihr früheres Leben wieder auf. Und bald zog es sie auch dann in ihre Heimatstadt, wenn er zu Hause war, aber zu beschäftigt, um sich um sie zu kümmern oder gemeinsam mit ihr etwas zu unternehmen.

Bei einer seiner vielen Überstunden in der Firma lernte Max seine Sekretärin näher kennen. Es war wieder einmal spät geworden. Er rieb sich müde die Augen, aber ein wichtiger Auftrag musste noch erledigt werden. Sie brachte ihm einen starken Kaffee zur Aufmunterung. Beim Einschenken fiel der Deckel der Kanne in die volle Tasse und bespritzte Hemd und Hose. Während sie versuchte, die Flecken mit Wasser und Schwamm zu entfernen, kamen sie sich unerwartet nahe und verbrachten die aufregendste Stunde, die sie bisher im Büro erlebt hatten.

Seltsam, dachte Max später, ich komme Frauen immer beim Kaffeetrinken näher …

Ein kostbares Gemälde fällt in Zeitlupe zu Boden. Die Mutter stürzt herbei und versucht es aufzufangen. Sie stößt mit dem Kopf gegen die Wand. Wie das Glas einer Windschutzscheibe zerspringt ihr Schädel in tausend Stücke und löst sich auf.

Wenn Marie in Paris war, kümmerte sich die Mutter um ihre Enkel. Sie machte Hausaufgaben mit ihnen, gab Nachhilfe, wo immer es nötig und möglich war, chauffierte sie zum Sportplatz und zum Musikunterricht und verhätschelte sie.

Sie gab ihre Galerie auf, nachdem Marie gekündigt hatte und einige unerklärliche Dinge mit ihr passiert waren. Sie war vergesslich geworden, hatte wiederholt versäumt, die Eingangstür abzuschließen. Einmal hatte sie sie sogar über Nacht offen stehen gelassen. Etliche Bilder waren gestohlen worden, und die Versicherung weigerte sich, für den Schaden aufzukommen.

Wer die Mutter jetzt ansprach, musste alles zweimal sagen, als wäre sie schwerhörig. Der Hausarzt untersuchte sie und stellte eine beginnende Demenz fest. Alzheimer!

*Aus dem Nichts fällt eine Zeitung in die Tiefe und bläht sich auf.
Einzelne Blattseiten zerfallen, schweben wie Herbstlaub um
Max' Kopf herum und nehmen ihm die Sicht. Als er versucht, sie ein-
zufangen, zerfallen sie. Die einzelnen Buchstaben zerstäuben.*

Die Sekretärin des Vaters hatte die Aufgabe, jeden Morgen die
lokale Tageszeitung nach Wissenswertem zu durchforsten, bevor
der Chef das Büro betrat. Es war wichtig, zu jeder Zeit auf dem
Laufenden zu sein.

»Na, was gibt es Neues in unserem Käseblättchen?«

Wortlos schlug sie die Seite 3 auf und deute auf die fette Über-
schrift:

Das Gerücht.

Der Vater wurde blass.

»Sollen wir den Tagesablauf durchgehen?«, fragte sie.

»Später. Bitte lassen Sie mich allein. Ich habe noch ein paar
Dinge zu erledigen.«

Mit zittrigen Händen hielt er das Blatt und begann zu lesen.
Was bisher bloß hinter vorgehaltener Hand geflüstert wurde, stand
hier schwarz auf weiß und für jeden Leser nachzuvollziehen in der
Zeitung. Das Patentvergehen der Firma wurde mit eindeutigem
und völlig neuem Blick in die Vergangenheit beschrieben und ana-
lysiert:

»Einem amerikanischen Patentanwalt, der die Firma in Deutschland aus geschäftlichen Gründen besucht hatte, war durch Zufall
das Gerücht zu Ohren gekommen, das im Städtchen kursierte. Er

informierte sich und fand heraus, dass die Beschreibung eines Patents, das die hiesige Firma nutzt, stark einer Entdeckung seines Vaters ähnelte, der vor dem Krieg in Berlin gelebt hatte und dort in den letzten Kriegsjahren umgekommen war. Zurück in den USA, durchsuchte er die Korrespondenz seines Vaters und fand folgende Notiz aus seinem Tagebuch: ›Trotz aller Not, in der wir leben und trotz aller schrecklichen Bombardierungen habe ich heute eine bedeutende Erfindung gemacht. Ich werde versuchen, sie patentieren zu lassen, damit sie geschützt ist und mir und meiner Familie das Überleben sichert.‹ Diese Erklärung war das letzte Lebenszeichen des Mannes. Er verschwand spurlos, niemand hat je wieder von ihm gehört.«

Der Vater war so fassungslos und aufgewühlt, dass er das Mundstück seiner Pfeife zerbiss. Er ließ sich mit dem Verleger der Zeitung verbinden und polterte los:

»Ihr Artikel über das Gerücht ist Rufmord. Eine Schweinerei. Gerüchte entstehen dort, wo Neid ist. Sie dienen dazu, Menschen zu verletzen. Ich fordere Sie auf, sich öffentlich zu entschuldigen, und das auf Seite 3, nicht irgendwo unter der Rubrik ›Vermischtes‹, wo es keine Sau liest. Sollten Sie anderer Meinung sein, werde ich meine Werbeabteilung anweisen, nie mehr eine Anzeige bei Ihnen zu platzieren.«

Trotz der Drohung war die Zeitung am Nachmittag ausverkauft und wurde ohne Entschuldigung nachgedruckt. In allen Büros, in allen Geschäften, in allen Familien der Stadt und natürlich auch in der Firma war der Artikel Gesprächsthema Nummer eins. Das Gerücht hatte Nahrung bekommen, wuchs, flog von Tür zu Tür, blähte sich auf. Und alle wussten, dass von jedem Gerücht etwas hängen bleiben würde, egal, ob es wahr war oder nicht.

Auch der Mutter konnte das Gerede nicht verborgen bleiben und sie weigerte sich, weiter einkaufen zu gehen. Sobald sie irgendwo auftauchte, erstarb das Gespräch oder ging nur als Getuschel hinter ihrem Rücken weiter. Ihre Krankheit verschlimmerte sich, die Demenz wurde in Schüben immer spürbarer. Ihr Klavierspiel wurde fehlerhaft, die Tempi stimmten nicht mehr, die Dissonanzen häuften sich, sie war reizbar und depressiv. Mit kleinen Schritten schlurfte sie ziellos durchs Haus und beantwortete Fragen nur noch mit einem gedankenverlorenen Nicken. Gelegentlich hörte Max sie in der Nacht auf einer Schreibmaschine tippen.

»Was schreibst du da, Mama?«, wollte er wissen.

»Ich schreibe an dich, Max. An dich. An dich. An dich. Ich möchte dir etwas erzählen, mein Junge. Aber ich verliere die Worte. Die Worte verlassen mich.«

Max erinnerte sich an die Beschreibung des Krankheitsverlaufs, die der Arzt bei der Anamnese gegeben hatte: Zuerst verliert der Kranke die Namen, dann die Orientierung und zuletzt die Erinnerung. War es schon so weit?

»Mein Namensgedächtnis ist auch nicht mehr das, was es einmal war«, versuchte er die Verzweiflung der Mutter zu mildern.

»Aber es ist so schrecklich, so würdelos!«, klagte sie in einem ihrer klaren Momente. »Ich mag jetzt nur noch meine Schreibmaschine, sie lässt mir Zeit und wartet geduldig, bis ich die richtigen Worte finde. Das Denken habe ich schon fast aufgegeben. Und meine schönen Gedichte, die ich in der Schule gelernt habe und immer auswendig zitieren konnte – alle weg.«

»Das macht doch nichts, Mama. Du hast doch deine Bücher. Wann darf ich denn lesen, was du mir geschrieben hast?«

»Irgendwann, Max, irgendwann, wenn es der richtige Zeitpunkt ist.«

* * *

Hanno und Charlotte wurden zum Rektor der Schule zitiert und bekamen eine Verwarnung, weil sie sich mit anderen Schülern geprügelt hatten.

»Euer Opa ist ein Räuber«, hatten sie auf dem Schulhof skandiert.

»Ist er nicht«, versuchte Charlotte den Großvater zu verteidigen, »woher wollen die das wissen? Die kennen ihn doch gar nicht.«

»Das mag sein«, gab der Rektor zu, »aber deswegen schlägt man sich doch nicht. Die Faust hat noch niemanden überzeugt.«

»Aber Lügen erst recht nicht«, begehrte Hanno auf. Wütend brach es aus ihm heraus: »Diese Idioten …«

»Du musst lernen, dein aufbrausendes Temperament zu zügeln und dir anzugewöhnen, mit Worten zu kämpfen«, unterbrach ihn der Rektor. »Mit den richtigen Worten natürlich, damit erreichst du tausendmal mehr als mit Muskeln.«

Das sagt sich so leicht, dachte Hanno genervt, und sein ganzer Frust bahnte sich seinen Weg:

»Ach so. Sie meinen, wenn ich zum Beispiel meinen Eltern vortäuschen würde, dass Sie mich jeden Tag verprügeln, weil Sie mich nicht leiden können, dann wären meine Worte stärker als Ihre Stockschläge?«

Hanno erschrak über seinen eigenen Mut, aber er konnte nicht mehr an sich halten. »Meinen Sie das, Herr Rektor?«

Der Schulleiter war verdattert über diesen respektlosen, ironischen Ausbruch. Eine peinliche Pause entstand, bis er kurzerhand beschied: »Lassen wir es für heute bewenden, Hanno. Überlege dir in Zukunft besser, was du tust und was du sagst.«

Als Max von dem Vorfall hörte, erwog er, die Kinder von der öffentlichen Schule abzumelden und in ein Internat zu schicken. Aber der Gedanke, seine beiden Lieblinge nur noch in den Ferien um sich zu haben, war ihm zuwider. Andererseits war es ihm wichtig, sie vor der Häme und Bosheit der Mitschüler zu schützen. Er beschloss, ihre eigene Meinung dazu zu erfahren und sich natürlich auch mit Marie zu beraten. Aber Marie war wieder mal nicht zu Hause. Außerdem hatte er noch immer die Hoffnung, dass dem Gerücht die Nahrung ausgehen und es sich von selbst auflösen würde, wer weiß?

Der Vater, in voller Jägertracht, läuft gedankenverloren an Max vorbei. Er nimmt die doppelläufige Flinte von der Schulter, schießt zweimal in die Luft, lässt sie fallen und geht wortlos weiter.

Auch am Vater war das Ereignis nicht spurlos vorbei gegangen. Immer öfter blieb er der Firma fern. Er zog sich zurück in sein Jagdhaus und mied die Menschen. Seine Prioritäten änderten sich. Er begann, die Natur nicht mehr nur als Nutzobjekt zu sehen, Grund und Boden nicht nur als sichere Investition, die Bäume nicht nur als Holzlieferanten und die Tiere nicht als sein Eigentum, das seine Kühltruhe füllte. In der Einsamkeit fühlte er sich geborgen. Die Menschen, die ihm ohnehin nicht wohlgesinnt waren, deuteten diesen Rückzug als Schuldeingeständnis. Die Zeitungskommentare wurden gehässiger. Das Geschäftsklima zunehmend vergiftet. Die Umsätze gingen zurück.

Wenn der Alte vom Berg kam, wie die Medien seine Rückkehr jetzt nannten, standen die Reporter mit Kamera und Mikrofon bewaffnet vor dem Rathaus und warteten wie gierige Wölfe auf eine Sensation. Aber er verweigerte jedes Interview. Die Besuche beim Bürgermeister verliefen im Sand. Der Beamte konnte dem Vater bei der Angelegenheit nicht helfen. In diesem Fall seien ihm die Hände gebunden, sagte er und erinnerte daran, dass er in der Vergangenheit stets zu ihm gestanden und ihn selbst gegen den Widerstand der Opposition verteidigt habe. Er wies darauf hin, dass nur er selbst als der Firmenchef das Gerücht aus der Welt schaffen könne, indem er es glaubwürdig dementiere. Gelassen nahm er die Drohung des Vaters zur Kenntnis, die Firma ins Ausland zu verlegen, wodurch viele Tausend Menschen ihren Arbeitsplatz verlieren würden.

Ein riesiger, tonnenschwerer Felsbrocken rollt auf Max zu, droht ihn zu zermalmen. Er springt zur Seite und entdeckt im Schatten des Kolosses einen nackten Mann, der schweißtriefend mit blutigen Händen den Geröllblock vor sich herschiebt. Sisyphos! Als er Max erblickt, erschrickt er, verliert den Halt, und der Fels stürzt donnernd mit ihm in die Tiefe.

Max ertrank in Arbeit. Er war müde von den 14- bis 16-Stunden-Tagen, die er im Büro, in Meetings, in Planungsgremien, Konferenzen oder auf Reisen verbrachte, um die Kunden, die Zulieferer und die Produktionsstandorte zu besuchen und den Wohlstand der Firma zu erhalten. Er war erschöpft von der Verantwortung, die auf seinen Schultern lag, seitdem der Vater immer öfter abwesend und selbst telefonisch nicht zu erreichen war. Abends, wenn er todmüde ins Bett fiel, fühlte er sich ausgelaugt, leer und verbraucht wie eine alte Batterie, die es über Nacht wieder aufzuladen galt. Aber die Gedanken über den Sinn oder genauer über den Irrsinn seines jetzigen Daseins vertrieben den Schlaf.

Was hatte er erreicht in seinem Leben? Als Student in Paris hatte er davon geträumt, eine andere, eine gerechtere, eine friedlichere Welt im Einklang mit der Natur und seinen Mitarbeitern zu schaffen. Jetzt besaß er die Macht, war Erbe eines großen Unternehmens und fühlte sich doch als Gefangener von Zwängen, Umständen und Zahlen, als Sklave der Zeit und des Marktes. Er hatte seine Freiheit, seine Träume verloren.

Hinzu kam, dass er sich von Marie allein gelassen fühlte, weil sie die Probleme nicht interessierten. Sie machte nicht die geringsten Anstalten, die Pflichten mitzutragen, und verzog sich immer öfter nach Paris. Gelegentlich meldete sie sich von dort telefonisch, fragte kurz nach den Kindern und behauptete, sie alle schrecklich zu vermissen. Bevor er darauf eingehen konnte, berichtete sie überschäumend von einer neuen Show oder einem tollen Restaurant, in das sie ihn führen wolle, wenn er sie besuchen komme. Das war's. »*Au revoir, chéri, à bientôt. Je t'aime.*« Er wusste nicht mehr, was er ihr glauben sollte. Dachte sie wirklich, was sie sagte? Oder spielte sie das nur?

Nach einem solchen bedrückenden Telefonat fühlte sich Max einsamer denn je. Er legte sich auf die Couch, schloss die Augen und lauschte traurig Jacques Brels flehendem Appell *Ne me quitte pas* – Verlass mich nicht. Er war allein, nachdem beide Kinder dann doch den Wunsch geäußert hatten, in ein Internat umzuziehen. Obwohl sie sich dort wohlfühlten und zufriedene Briefe nach Hause schickten, hatte er ein schlechtes Gewissen, dass sie nicht in einer ordentlichen und liebevollen Familie aufwuchsen.

Das Techtelmechtel mit der Sekretärin war beendet, bevor es richtig begonnen hatte. Es war bei dem One-Night-Stand geblieben, nachdem beide übereingekommen waren, dass es ein Ausrutscher gewesen war. Ihr schlechtes Gewissen hielt sich in Grenzen, das Arbeitsverhältnis wurde nicht beschädigt.

Die Mutter war nicht mehr in der Lage, sich um die Enkel zu kümmern. Ihre Alzheimer-Krankheit schritt schleichend, aber unaufhaltsam fort. Sie versank schweigend in eine andere Welt und wurde zum Pflegefall. Der Flügel diente nur noch als hübsches Möbelstück. Nachts geisterte sie durchs Haus, tagsüber schlief sie. Sie magerte ab, da sie kein Hungergefühl mehr hatte, und vergaß sogar das Kauen, schlimmer noch, sie musste daran erinnert werden, das wenig Gekaute auch hinunterzuschlucken. Mehrmals verließ sie heimlich das Haus, wanderte durch die Gärten der

Nachbarn und pflückte dort Blumensträuße für den eigenen Küchentisch. Manchmal fand sie von ihren Streifzügen nicht mehr zurück und wurde von der Polizei aufgelesen. Auf den Rat des Hausarztes ließ Max vor alle Ausgangstüren auf den Boden eine breite schwarze Farblinie malen. Diese Methode habe sich in Pflegeheimen bewährt, sagte er, der Streifen werde von den Patienten als eine gefährliche Untiefe wahrgenommen, in die sie zu stürzen drohten und die sie deshalb nicht überquerten. Max bezweifelte es zunächst, aber es wirkte. Die Mutter scheute vor dem Farbbalken zurück und blieb von nun an zu Hause.

* * *

Auch Max wäre gern daheim geblieben und hätte sich hinter einer imaginären Schranke verbarrikadiert. Aber die Firma brauchte ihn. Jeden Morgen musste er erscheinen, um sich den Fragen, der Neugier und den Anfeindungen der Öffentlichkeit zu stellen. Er machte sich Gedanken darüber, wie man Menschen, die einem wichtig sind, mit der eigenen Gesinnung überzeugen konnte. Klar, Tiere konnte man belehren, Pflanzen zu Wachstum verhelfen. Unkraut konnte man ausrupfen oder beseitigen, wenn man das richtige Mittel verwendete. Was aber konnte man gegen ein körperloses, abstraktes Gerücht ausrichten? Ignorieren? Es würde trotzdem wachsen. Wer schweigt, macht sich schuldig, hieß es. Sollte er es einfach laut und deutlich abstreiten? Aber auch das wäre ein Fehler. Menschen, die schrien, hatten meist unrecht, zumindest war das seine Erfahrung. Gerüchte wurden hinter vorgehaltener Hand verbreitet oder hinterrücks leise weitergetragen. Sollte er ein Interview geben, öffentlich dem Gerücht entgegentreten? Aber dadurch würde es nicht verschwinden. Der Ankläger würde sich bestätigt fühlen, dass doch was dran sei, sonst gäbe sich der Verdächtige nicht so viel Mühe, es ungeschehen aussehen zu lassen.

Bei wem könnte er sich Rat holen, wem könnte er sich anvertrauen? Bis jetzt war das Gerücht nur ein Wort, aber hatten Worte nicht eine ungeheure Macht? Wenn der Vater ein Machtwort sprach, zitterten sie in der Firma und in der Familie. Wenn er lobte, was selten vorkam, machten seine Worte sie stolz und motivierten sie. Die tröstenden Worte der Mutter bewegten das Herz und waren doppelt so wirksam wie die vom Hausarzt verschriebene Medizin. Worte der Entschuldigung konnten Konflikte lösen und wirkten oft wie ein Beruhigungsmittel. Andererseits konnten Worte zu Waffen werden, die zu Streitereien und Verletzungen führten, die sich ins Bewusstsein einschlichen und im Körper verteilten. Dann entstanden Narben in der Seele, in der Erinnerung. Sie machten krank.

Das Gerücht trug dazu bei, dass Max ein Magengeschwür bekam, das sich in seiner Schleimhaut festsetzte. Er sprach nicht darüber, aber der Geruch, an dem Magenkranke zu erkennen sind, war nicht zu verheimlichen. Er versuchte es mit Pfefferminzbonbons und frischer Petersilie zu übertünchen, aber seine müden Augen und seine tief eingegrabenen Mundwinkel verrieten ihn.

In dieser seelischen und körperlichen Not suchte er nach einem Ausweg. Zum ersten Mal in seinem Leben kam ihm der Gedanke, dass der Freitod eine Lösung sein könnte.

Es gab genügend Vorbilder. Viele seiner geliebten Schriftsteller, deren Romane er früher verschlungen hatte, waren freiwillig aus dem Leben geschieden. Heinrich von Kleist hatte sich erschossen, Stefan Zweig vergiftet. Georg Trakl, Paul Celan, Jack London, sie alle waren irgendwann lebensmüde und hatten nicht auf den Tod gewartet, sondern ihm die Arbeit abgenommen. Ernest Hemingway, der die Flinte seine glatte, braune Geliebte nannte, hatte sich erschossen, als er mit dem Leben nicht mehr zurechtkam.

Ein Fremder tritt aus der Dunkelheit, lächelt ihn an.

»Du weißt, wer ich bin, Max?«, fragt der Tod, ohne seine Lippen zu bewegen.

»Ich ahne es, obwohl ich eine völlig andere Vorstellung von dir hatte.«

Der Fremde lacht. »Du kennst mich nur als Skelett mit Sense. Ein hässliches, entstellendes Abbild von mir, das die Menschen zeichnen, ohne mich je gesehen zu haben.«

»Es gibt dich also wirklich?!«

»Die Materialisten halten das Ende allen Lebens für einen rein physikalischen, chemischen Abschluss, den sie mit drei Buchstaben bezeichnen: TOD. Meine physische Existenz verneinen sie, so wie auch Gott und seinen Schatten, den Teufel.«

»Kennst du die beiden?«

Die Antwort bleibt der Tod schuldig. Er löst sich auf.

Typisch, denkt Max, er kommt und geht, wann er will.

Max fragte sich, ob ein Gespräch mit Gott helfen würde, falls es ihn denn gab. Er war sich nicht sicher. Der Ewigkeitsgedanke hatte für ihn nichts Verlockendes. Aus philosophischer Sicht überließ er den blinden Glauben an ein Leben nach dem Tod lieber den Frommen. Auch den Atheisten schenkte er keine Sympathie, denn ihr Argument, nicht Gott habe den Menschen erschaffen, sondern der Mensch Gott, stand auf wackeligen Beinen. Wie Nietzsche zu behaupten, Gott sei tot, war wiederum eine Frage des Glaubens. Und mit Gott zu hadern, setzte Glauben voraus.

Als Jurist brauchte Max Beweise, um sich für oder gegen die Existenz eines Gottes zu entscheiden. Aus diesem Grund war er zum überzeugten Agnostiker geworden. Er stellte sich nicht die Frage, ob es einen Gott gab oder nicht. Sein Credo war: *Ich weiß es nicht.*

Er suchte die kleine Pfarrkirche auf, die nach mehrjährigen Reparaturarbeiten endlich wieder geöffnet war. Hier war er getauft worden. Hier hatte er seine Erstkommunion und Firmung gefeiert. Heute war er zum vierten Mal in seinem Leben hier, allein. Im Halbdunkel des Kerzenlichts und im beruhigenden Duft des Weihrauchs ließ er sich fallen und sog die Stille ein.

Lange saß er auf der harten Holzbank in der letzten Reihe und überprüfte sein bisheriges Leben. Er erinnerte sich an alle Details, an alle Menschen, die ihm begegnet waren, vergaß niemanden, auch Elton nicht, erwähnte sowohl Erfolge wie auch Abstürze und offenbarte seine geheimsten Ängste und Wünsche. Er wusste nicht, wann er das letzte Mal gebetet hatte. Heute wurde es zum Bedürfnis. »Wenn es dich gibt, Gott, dann beende dieses unselige Gerücht.«

Beim Hinausgehen warf er einen Hunderter in den Klingelbeutel und dachte dabei an den Vater, der sich wiederholt über die obligatorische Kirchensteuer beschwert hatte:

»Dieser Verein bekommt eh genug von uns.«

»Warum gehörst du ›diesem Verein‹ dann immer noch an?«, hatte Max gefragt.

Der Vater hatte geschmunzelt: »Falls es doch Himmel und Hölle gibt.«

* * *

Wunderbarerweise schien das Zwiegespräch mit Gott eine Wirkung zu haben, denn dem Gerücht ging mit der Zeit allmählich die Luft aus. Die Tuscheleien hinter seinem Rücken nahmen ab, die privaten Einladungen häuften sich wieder, und die Medien wandten sich frischen Meldungen aus Politik, Wirtschaft und Sport zu. Max atmete freier.

Auch der Vater profitierte von dieser Wendung. Er kehrte mit neuem Schwung und neuer Spannkraft zurück in die Firma und entlastete Max vom mühsamen Tagesgeschäft. Er ermunterte ihn, sich in Paris um seine kapriziöse Frau zu kümmern und seine angegriffene Magenschleimhaut zu kurieren.

Die Kinder waren glücklich im Internat. Sie hatten Freunde gefunden, die sie in den Ferien mit nach Hause bringen durften, und ihre schulischen Leistungen waren zufriedenstellend.

Sogar der Mutter schien es etwas besser zu gehen. Die angespannte Atmosphäre in der letzten Zeit war Gift für sie gewesen und hatte ihr stark zugesetzt. Jetzt freute sie sich über die neue Harmonie im Haus, und ihre Demenz stagnierte für eine Weile.

Alles war gut.

Max sitzt vor einer Spielzeugeisenbahn. Der Vater ist der Lokomotivführer. Marie steht auf dem letzten Waggon. Die Lok beginnt zu qualmen, der Rauch verwandelt sich in Geldscheine. Marie hebt wie Sterntaler ihren Rock und fängt den Schatz ein. Als sie vollständig davon bedeckt ist, wird der Waggon abgekuppelt und bleibt stehen. Der Zug fährt ohne sie weiter.

Bis zu dem Tag, als Max blass und hohlwangig aus Paris zurückkam und die Bombe platzen ließ:

»Marie will sich scheiden lassen.«

Als die Mutter die Nachricht hörte, war es, als erwachte sie wie aus einem tiefen Schlaf.

»Warum?«, fragte sie und begann zu weinen. »Warum nur? Ihr wart …«, sie suchte nach Worten – »ihr wart … so ein … so ein schönes Paar!«

»Das war einmal, Mama. Wir haben uns auseinandergelebt. Es ist lange her, dass wir die gleichen Träume, die gleichen Ziele hatten.«

»Aber warum Scheidung? Die armen Kinder!«

»Sie wirft mir vor, dass ich mich seit unserer Hochzeit nicht weiterentwickelt hätte, dass ich immer der Gleiche geblieben sei. Für manche Menschen sei das möglicherweise ein wünschenswerter Zustand, sagt sie, aber für sie sei das ein Problem. Nur wer sich ändert, bleibt sich treu, behauptet sie, sie hätte viel dazugelernt in den vergangenen Jahren.«

Die Mutter fasste seine Hände. Sie schien zu begreifen, dass ihr geliebter Sohn ein Problem hatte.

»Mein Schatz«, sagte sie zärtlich und strich ihm übers Haar. Sie stammelte unzusammenhängende Worte und versuchte sich zu konzentrieren. Max sagte später, sie sei ihm vorgekommen wie eine Kerze, die kurz vor dem Erlöschen noch einmal aufflackert. Denn plötzlich fuhr sie überraschend klar und ohne zu stocken fort: »Du warst zu gut für sie. Den Vorwurf nehme ich ihr nicht ab. Afrika hat dich verändert! Sehr zum Vorteil sogar. Du bist erwachsen und selbstbewusst geworden. Hast Verantwortung übernommen. Hast dich bewährt. Dabei hast du dir deinen aufrechten Charakter zum Glück erhalten. Ich glaube, ihr hattet zu wenig Zeit füreinander. Marie ständig in Paris und du hier in der Firma – das kann auf Dauer nicht gut gehen. Wenn wir etwas für dich tun können, mein Liebling ... du weißt, wir sind auf deiner Seite und immer für dich da ... für dich da ... füdida ...«

Während sie redete, wurden ihre Worte leiser und immer schwerer verständlich. Ihre Stimme klang wie aus einer anderen Welt, bis sie mit einem tiefen Seufzer auf ihren Sessel sank und ein Kinderlied summte, »Guten Abend, gut' Nacht«. Sie schaute auf ihre Hände im Schoß und massierte sie. Ihr Blick klammerte sich an einen imaginären Horizont, als dürfe sie ihn nicht aus den Augen verlieren.

Der Vater übernahm das Gespräch.

»Hat sie einen anderen in Paris?«

»Keine Ahnung. Angeblich habe sie züchtig wie Héloïse im Kloster gelebt, behauptet sie. Sie wirft mir Eifersucht vor und beschuldigt mich, ich sei mehr mit der Firma verheiratet als mit ihr.«

Der Vater nickte verständnisvoll. Diese Kritik kannte er zur Genüge aus eigener Erfahrung.

»Ich wollte euch nicht im Wege stehen, aber ich habe es von Anfang an kommen sehen, mein Junge. Im Grunde seid ihr beide zu verschieden. Marie ist eine Frau zum Vorzeigen, zum Ausgehen, zum Amüsieren. Sie ist ein leichtes Mädchen.«

Max fuhr auf: »Wie kannst du so was sagen!«

Er war entrüstet über den Zynismus des Vaters, und obwohl er selbst niedergeschlagen, enttäuscht und voller Vorwürfe gegen Marie war, begann er sofort, sie zu verteidigen. »Sie liebt eben das Leben. Als Französin ist sie lockerer, unbeschwerter als wir Deutschen. In Paris ist man freier, nicht so konservativ.«

»Schon, aber du brauchst jemanden, der dich hier beruflich versteht und unterstützt.«

»Anfangs war es so.«

»Ja, anfangs. Als ihr verliebt wart und noch keine Verpflichtungen hattet. Da ist alles einfach.«

Eine Pause entstand, in der beide versuchten, unsentimental und logisch zu argumentieren.

»Wart ihr schon beim Rechtsanwalt?«, fragte der Vater schließlich.

»Noch nicht. Wir wollen uns gütlich trennen und brauchen deswegen einen gemeinsamen Anwalt, damit kein langwieriger und kostspieliger Rechtsstreit entsteht. Bloß kein Rosenkrieg!«

»Das sehe ich ein. Verstehst du jetzt, warum ich damals vor eurer Hochzeit auf Gütertrennung bestand?«

»Hab ich dann ja auch gemacht, gegen Maries Willen.«

»Gott sei Dank! Was wird denn mit den Kindern? Wer bekommt das Sorgerecht für Hanno?«

»Hanno und Charlotte bleiben bei mir unter der Bedingung, dass …«

Max zögerte und überlegte, wie er es harmlos klingen lassen könnte.

»Lass mich raten«, kam der Vater ihm zuvor. »Sie will eine Abfindung, und zwar nicht zu knapp. Habe ich recht?«

Max nickte und kämpfte mit den Tränen. Der Vater stand auf und nahm seinen Sohn in den Arm. Das war seit den Kindertagen nicht mehr passiert. Er erinnerte sich an das Erlebnis, als er oben auf dem großen Kastanienbaum gehockt hatte, um eine verschreckte Katze zu retten. Die Leiter war bei dem Manöver umgefallen und der Vater hatte ihn aufgefordert, in seine offenen Arme zu springen und war dann doch kurz vor dem Aufprall zur Seite getreten. Erziehung hatte er das genannt, Max sollte lernen, niemandem zu trauen außer sich selbst. Jetzt war er so überrascht, dass er seine künstlich bewahrte Haltung verlor und zitternd gestand:

»Ich schaffe das nicht, Vater. Mein Magen …, die Firma …, die Kinder …, Mama. Ich habe Angst!«

Der Vater tätschelte seinen Rücken.

»Mach dir keine Sorgen, mein Junge. Ich werde das für dich regeln. Du brauchst dich um nichts zu kümmern.«

* * *

Drei Monate später flogen beide zusammen nach Paris, um den ausgehandelten Scheidungsvertrag zu unterzeichnen.

Zum Abschied sagte Max zu seiner Exfrau:

»Schade, dass es so mit uns beiden endet. Ich wollte das nicht. Ich habe dich geliebt, Marie, aber ich habe es nicht geschafft, dich glücklich zu machen. Ich würde mir wünschen, dass wir Freunde bleiben, wenn möglich, schon der Kinder wegen. Lass uns Kontakt halten.«

»Solange das monatliche Schweigegeld auf meinem Konto erscheint.«

»Schweigegeld?«

»Sie meint die Abfindung«, erklärte der Vater.

Max wollte Marie umarmen, aber sie drehte sich ab.

Als sie wieder in ihrem Privatflieger auf dem Rückflug nach Deutschland saßen, löste der Vater das Rätsel.

»So sind sie, die Frauen«, spottete er. »Solange alles in Butter ist, schnurren sie wie ein Hauskätzchen. Aber kaum werden sie in die

Enge getrieben, verwandeln sie sich in einen Tiger und fahren die Krallen aus.«

»Das verstehe ich nicht. Was meinst du, Vater? Es ist doch alles glatt gelaufen. Ich bin dir sehr dankbar, dass du die Verhandlungen für mich geführt hast und ich meinen Magen kurieren konnte.«

»Du kannst von Glück sagen, dass du bei den Gesprächen nicht dabei warst. Marie ist ein zähes Luder. Ich rede über die Abfindung, mein Junge. Das ist etwas anderes.«

»Darüber steht aber nichts im Scheidungsvertrag.«

»Nein. Darüber gibt es eine separate Abmachung.«

»Geld?«

Der Vater nickte.

»Mach dir darüber keinen Kopf. Ich lasse es über die Firma laufen.«

Max geht durch seinen Garten wie durch ein Spalier. Die Blumen verneigen sich vor ihm und stehen stramm. Die Vögel begrüßen ihn mit Namen, und der Maulwurf glättet freiwillig seine Erdhügel.

Max hatte nicht die Kraft, weiter nachzufragen, und hoffte, dass sein Leben von nun an in ruhigerem Fahrwasser verlaufen würde. Die Scheidung war abgeschlossen, und das Gerücht schien überwunden. Er hatte wieder mehr Zeit für sich und die Kinder, wenn sie am Wochenende und in den Ferien nach Hause kamen. Wenn ihn nur nicht die Erinnerungen an die Vergangenheit und die Angst vor der Zukunft bis in den Schlaf verfolgten!

Er suchte Erholung in seinem verwilderten Garten. Nach Feierabend tauschte er Krawatte und Anzug gegen Jeans und Gummistiefel und spielte Gärtner. Er buddelte, rupfte, düngte und wässerte, wie es ihm in den Sinn kam.

Er wollte Ordnung schaffen, was ihm auch nach einigen Wochen gelang. Schließlich war er der Herr dieses kleinen Paradieses und verantwortlich für die Zeit, die ihm geliehen wurde. Er pflanzte Blumen nach Farbe und Größe, stutzte Büsche in Form, beschnitt Obstbäume, legte Gemüsebeete an und befreite die Kieswege vom Unkraut. Er führte den Garten wie seine Firma und fühlte sich wie der Gottvater dieses Unternehmens. Alles unterlag seinem Plan von Nutzen und Schönheit.

Was für ein herrliches Gefühl, dieses Fleckchen Erde so gestalten zu können, wie er es wollte, ohne Widerworte der stummen Bewohner!

Kurz darauf wurde in der Firma gestreikt, und er verlor sein Paradies für einige Wochen aus den Augen. Eine automatische Sprinkleranlage kümmerte sich um den Wasserbedarf der Blumen und Büsche. Bäume und Unkraut wuchsen auch ohne ihn.

Für die Mitbewohner des Gartens war das eine gute Gelegenheit, ihr Zuhause für sich zurückzuerobern. Die Wühlmäuse, Maulwürfe, Schnecken, Schmetterlingsraupen, Vögel, Eichhörnchen, Igel, und Milben waren wieder da, und jeder von ihnen hatte eine andere Vorstellung vom Leben als dieser menschliche Störenfried.

Als der Streik in der Firma beendet war, kehrte Max in den Garten zurück und war schockiert, wie sein Paradies sich in der kurzen Zeit verändert hatte. Er stürmte in den Geräteschuppen, kramte Fallen, Gifte, Unkrautvernichtungspulver hervor, um einen wütenden Gegenangriff zu starten.

Aber dann besann er sich darauf, dass der Arbeitskampf in der Firma nicht beendet worden war, indem er sich die Gewerkschaft zum Feind gemacht und den Streikenden gekündigt hatte, sondern indem alle gemeinsam ihre zukünftige Zusammenarbeit neu bewertet und geregelt hatten.

Auf seinen Garten übertragen hieß das, er musste umdenken. Für Salate und Kräuter legte er Hochbeete an, um den Schnecken den Weg zu ihren Leckerbissen zu erschweren. Den Vögeln gönnte er in den Baumkronen alles Obst, das er nicht erreichen konnte. Dafür dankten sie ihm mit ihrem täglichen Gesang und kümmerten sich um die gefräßigen Raupen. Maulwürfe, die seinen Rasen umbuddelten, fing er ein und setzte sie auf einer weit entfernten Wiese aus, wo es auch sehr schön war. Die Igel besuchten ihn, weil er ihnen eine Schale mit Milch hinstellte.

Bis Charlotte, die sich bei den Pfadfindern engagierte, ihn darauf aufmerksam machte, dass Igel keine Milch vertrugen, davon Bauchschmerzen und Durchfall kriegten oder sogar krepierten. Die Milch wurde durch Wasser ersetzt, und die Stacheltierchen kamen weiterhin.

Und plötzlich war der Garten noch paradiesischer als zuvor.

Eine Taube flattert herbei, setzt sich auf seine ausgestreckte Hand. Sie hat einen Mistelzweig im Schnabel, das Symbol des Friedens, und einen Brief. Vorsichtig nimmt Max das Kuvert an sich. Die Mistel verwandelt sich in einen Stacheldraht.

Die Schönwetterlage in der Firma war nicht von Dauer. Eines Tages brachte der Briefträger einen eingeschriebenen Brief aus den USA ins Haus, der einen Sturm auslösen sollte. Eine amerikanische Anwaltskanzlei verklagte in Vertretung einer Familie Stein die deutsche Firma wegen einer vorsätzlichen Patentverletzung in Höhe von hundert Millionen US-Dollar.

Der Vater lief dunkelrot an und knallte mit der Faust so hart auf den Tisch, dass seine Pfeife Funken versprühte.

»Hundert Millionen! Sind die verrückt geworden? Wofür?«

Max versuchte ihn zu beruhigen.

»Sie meinen das Patent, über das dieses scheußliche Gerücht im Umlauf gewesen war. Ich hatte den Eindruck, dass es sich in den vergangenen Monaten totgelaufen hätte oder zumindest eingeschlafen sei, aber jetzt scheint es auf Umwegen wieder zurückzukehren. Wir können den Brief nicht einfach ignorieren. Das Patent hat uns groß gemacht, Vater, das hast du doch selbst immer gesagt. Ohne es wärest du heute nicht Chef von vielen Tausend Mitarbeitern, und uns würde es nicht den Wohlstand beschert haben, den wir alle genießen.«

»Das mag ja sein. Aber dieses Patent war nur der Anstoß zum Erfolg. Wir haben es weiterentwickelt, haben Mut bewiesen, sind

Risiken eingegangen und haben unsere Chancen genutzt. Wir haben hart dafür gearbeitet und gehören zu Recht zu den Großen unseres Faches in der Welt. Und jetzt behaupten die, wir hätten es geklaut, wollen sich ins gemachte Nest setzen und fordern die Fantasiesumme von hundert Millionen US-Dollar. Das ist absurd!«

»Wie kommen die auf einmal darauf?«

»Dieser Ami, der neulich bei uns war und so interessiert tat, der hat mich gleich skeptisch gemacht. Erzählt da was von seinem Vater, der was erfunden haben soll, der aber schon lange nicht mehr lebt. Der muss seine Story einem Anwalt weitergegeben haben. Und wenn ein amerikanischer Anwalt erst mal was in den Klauen hat, dann gibt er es nicht mehr her. Patentverletzung! Pah, das muss er mir erst mal beweisen!«

»Wahrscheinlich ist das nur Taktik. Sie wollen Angst auslösen, damit wir einen Fehler machen und klein beigeben.«

»Niemals! Im Übrigen, die Laufzeit für das Patent ist doch längst abgelaufen.«

»Darum geht es nicht, Vater. Es geht nicht um die Laufzeit, sondern um vorsätzliche Patentverletzung, und das ist eine Straftat. Die Amis wollen Schadenersatz, wenn es stimmt, dass du das Patent genutzt hast, obwohl es eigentlich ihnen gehörte. Deshalb fordern sie eine Offenlegung der Unternehmensbücher von damals, um zu beweisen, dass du dich damit ungerechtfertigt bereichert hast.«

»Nur über meine Leiche«, brüllte der Vater.

Der Vater faltet Papierflieger, kritzelt etwas darauf und wirft sie aus dem Fenster. Krähen in schwarzen Talaren sitzen vor dem Haus, fangen sie ab und stecken sie zurück in den Briefkasten.

Ein Prozess drohte. Der Vater stellte eine eigene rechtsberatende Mannschaft auf die Beine. Der Schlagabtausch zwischen der amerikanischen Kanzlei und dem deutschen Team war heftig. Drohungen und Vorwürfe, Anschuldigungen und Unterlassungsansprüche flogen über den Atlantik. Zurückgeschossen wurde mit Schadensersatz- und Vernichtungsklagen. Zu Hause gab es nur noch ein Thema.

Selbst beim gemeinsamen Abendessen wurde besprochen, wie der Patentkrieg zwischen Familie Stein und der Firma zu gewinnen war. Vater und Sohn redeten sich die Köpfe heiß, während die Mutter völlig unbeteiligt am Tisch saß, auf ihren Teller starrte und mit den Kiefern mahlte. Trotzdem behielt Max sie nebenbei stets im Auge, denn sie war unberechenbar geworden. Es war vorgekommen, dass sie mit dem Essen auch den Löffel schlucken wollte. Und wenn man ihr das Besteck wegnahm, fing sie an zu weinen. Am schlimmsten aber waren ihre Wahnvorstellungen, die sie selbst bei Tisch nicht verschonten. Es kam vor, dass sie urplötzlich hochschreckte und sich unter der Tischdecke versteckte, weil sie sich von einem Drachen bedroht fühlte. Oder sie entdeckte Blutflecken auf der Tapete und schrie. Eines Tages unterhielt sie sich mit nicht anwesenden Personen.

»Kommen Sie herein, Dr. Stein. Nehmen Sie bitte Platz. Er wird gleich da sein.«

Der Vater fuhr aus der Haut.

»Was redest du da wieder für einen Unsinn! Konzentrier dich lieber auf dein Essen, du wirst immer dünner.«

Die Mutter schaute ihn lächelnd an.

»Danke, Dr. Stein.«

Sie kicherte, tunkte eine Ecke ihrer Serviette in die Suppe und lutschte sie genießerisch ab.

Der Vater schüttelte angewidert den Kopf.

»Manchmal glaube ich, sie wäre besser in einem Heim aufgehoben.«

Max schob die Idee beiseite, obwohl er selbst schon darüber nachgedacht hatte. Aber es war nicht der richtige Zeitpunkt. Noch nicht.

Ihre letzte Äußerung, nach der sie gleich wieder in sich versunken war, hatte ihn aufhorchen lassen.

»Kannte Mutter denn einen Dr. Stein?«, fragte er den Vater.

»Keine Ahnung. Nicht, dass ich wüsste. Damals waren wir ja noch nicht verheiratet. Sie war meine Sekretärin, ich wusste nicht viel über ihr Privatleben.«

Er steckte sich erneut seine Pfeife an und fügte beiläufig hinzu:

»Geheiratet haben wir erst nach dem Krieg.«

»Und du, Vater ... kanntest du einen Dr. Stein? Kannst du dich an diesen angeblichen Mann erinnern, der Ende des Krieges seine Erfindung bei dir patentieren lassen wollte? War da jemand bei dir in der Kanzlei? Ein Dr. Stein vielleicht?«

»Stein ... Stein ...«, der Vater schien angestrengt zu überlegen. »Dr. Stein, das könnte ein jüdischer Name sein. Also, an den Mann würde ich mich erinnern. Aber 1944 lief kein Mensch mehr durch das zerbombte Berlin, um eine bahnbrechende Erfindung patentieren zu lassen. Noch dazu bei einem namenlosen kleinen Patentanwalt, der ich damals war.«

Mehr bekam Max nicht heraus. Er wünschte allen eine gute

Nacht und zog sich zurück. Er war müde. Aber die Gedanken an die elterliche Auseinandersetzung ließen ihn nicht los. Besonders die letzte Bemerkung des Vaters und dass er abstritt, einen Dr. Stein jemals kennengelernt zu haben, kam ihm seltsam vor. Die Mutter schien sich doch an diesen Fremden erinnert zu haben! In dem jetzigen Stadium ihrer Demenz war sie zwar nicht mehr in der Lage, dem Gespräch zu folgen und den Inhalt zu begreifen, aber dennoch hatte sie urplötzlich den Namen des Mannes ausgesprochen. Sogar mit Doktortitel, obwohl weder der Vater noch Max ihn erwähnt hatten. Eigenartig!

Vermutungen gingen Max durch den Kopf. Gab es vielleicht zwei Männer mit dem gleichen Namen? Hatte die Mutter möglicherweise einen Liebhaber gehabt, der zufällig so hieß und an den sie sich plötzlich erinnerte, als der Klägername Stein fiel?

Und dann war da die berechtigte Frage des Vaters, warum ein Jude ausgerechnet zu ihm, einem kleinen arischen Anwalt, hätte kommen sollen, um seine Erfindung patentieren zu lassen. Wenn Dr. Stein tatsächlich Jude gewesen war, hätte er sich in dieser dunklen Zeit sicher einem jüdischen Anwalt anvertraut. Vielleicht war Skepsis angebracht.

Max zog sich in seine kleine Bibliothek zurück, um sich in seinen Fachbüchern über die rechtliche Lage zu der damaligen Zeit kundig zu machen. Er war erstaunt zu erfahren, dass schon im Jahr 1938 ein Reichsbürgergesetz verabschiedet worden war, das jüdischen Patentanwälten die Berufsausübung verbot. Ein jüdischer Dr. Stein hätte also im Frühjahr 1944 keine andere Möglichkeit gehabt, als mit seinem Patent zu einem arischen Anwalt zu gehen.

Das musste dem Vater bekannt gewesen sein. Es war sein Beruf. Warum verteidigte er sich dann mit solch dürftigen Argumenten? Oder waren es sogar Lügen? Irgendetwas war faul an diesem Patent, dessen war sich Max inzwischen gewiss. Vielleicht würde der Prozess endlich Licht in dieses Dunkel bringen.

Zu gern hätte er die Mutter dazu befragt. Sie hatte mehrfach angesetzt, von damals zu erzählen, aber sie war jedes Mal unterbrochen worden oder hatte das Gespräch selbst unterbunden, und Max war zu sehr mit sich selbst beschäftigt gewesen, um zu insistieren – das Studium, Marie, Afrika, die Kinder, die Firma.

Jetzt war es nicht mehr möglich, die Demenz hatte sie verstummen lassen.

Paragrafen schweben auf Max zu, bilden einen meterhohen, schmiedeeisernen Zaun, durch den sich Aktentaschen zwängen. Schwarz gekleidete, bebrillte ältere Herren folgen, schaffen sich mit Schneidbrennern Zugang.

Der Vater machte sie miteinander bekannt. »Dies sind die Verteidiger. Das ist mein Sohn. Mein Nachfolger. Jurist wie Sie, meine Herren. Ich will ihn bei den Verhandlungen dabeihaben. Obwohl er damals noch nicht geboren war und nichts darüber weiß, muss er sich auskennen, falls in Zukunft bei ihm nachgefragt wird.«

Die Herren gruppierten sich um den großen Konferenztisch.

»Erklären Sie bitte das Konzept, worum geht es?«, wollte der Vater wissen. »Was haben Sie zu unserer Verteidigung erarbeitet?«

Ein hagerer Mann mit schütterem Haar und angenehmer Stimme erhob sich und ergriff das Wort.

»Es geht um einen Dr. Stein, den angeblich niemand kennt. Niemand hat ihn gesehen, niemand ist ihm begegnet. Er ist ein Phantom. Dennoch gleicht seine Erfindung, die die amerikanischen Ankläger detailliert beschreiben, haargenau dem Patent, mit dem Ihre Firma nach dem Krieg erfolgreich geworden ist. Das haben wir geprüft. Es ist unbestritten und sollte von unserer Seite nicht in Zweifel gezogen werden.«

»Gibt es Beweise?«, fragte Max.

»Ich bin sicher, dass die Gegenseite beim anstehenden Prozess Beweismittel vorlegen wird. Wenn sie die nicht hätten, hätte die Familie Stein keine Kanzlei gefunden, die sie vertritt.«

»Was schlagen Sie vor?«

»Erlauben Sie mir, dass ich etwas aushole. Die Geschichte der Erfindungen ist voll von Beispielen, bei denen sich Menschen in der ganzen Welt auf verschiedensten Gebieten zeitgleich mit identischen Themen beschäftigten und dennoch Neuland betraten. Lassen Sie mich ein paar Beispiele nennen:

Newton und Leibniz erfanden fast zeitgleich die Infinitesimalrechnung und stritten anschließend ein Leben lang darum, wer der Erste gewesen war. Die Sachlage ist bis heute ungeklärt. Der *Ursprung der Arten* wurde …«

»… von Charles Darwin veröffentlicht«, fiel ihm der Vater ins Wort.

»Da haben Sie recht, aber er tat es nur, weil er zuvor einen Brief von einen gewissen Herrn Wallace erhalten hatte, der ihn zu dem gleichen Thema um Rat bat. Wäre Herr Wallace vorher damit an die Öffentlichkeit getreten, wäre er selbst weltberühmt geworden, und Darwin wäre heute ein recht unbedeutender englischer Pastorensohn. Manchmal ist die Zeit einfach reif für eine Erfindung. Sie liegt in der Luft. Man nennt es *Zeitgeist*.«

»Da fallen mir noch weitere Beispiele ein«, sagte einer der Anwälte und lachte. »Der Düsenantrieb bei Flugzeugen wurde parallel in Deutschland und England erfunden. Das Thermometer hatte fünf Entdecker und das Fernsehen sogar neun.«

Der Vater klatschte Beifall.

»Danke, meine Herren. Das genügt. Es leuchtet mir ein.«

*Der Vater steht breitbeinig und selbstgefällig auf einem gro-
ßen Platz. Die Pfeife im Mund qualmt. Menschen kommen in
Scharen herbeigelaufen und bilden einen Kreis um ihn. Sie schimpfen,
pöbeln ihn an. Er schnauzt zurück. Einer hebt einen Pflasterstein auf
und zielt. Andere folgen seinem Beispiel. Getroffen sinkt der Vater zu
Boden, strampelt, bis er unter einem Steinhaufen begraben ist.*

In der Vorbereitung zum Prozess entstand ein zähes Tauziehen
der jeweiligen Anwälte über den Gerichtsstand. Die Entscheidung
fiel auf Deutschland.

»Das ist deshalb so wichtig«, erläuterte der Vater erleichtert,
»weil in den USA das Urteil von Geschworenen gefällt wird. Das
sind Laien aus den unterschiedlichsten Gesellschafts- und Bil-
dungsschichten. Bei uns entscheidet das Gericht, und das setzt
sich aus erfahrenen, studierten Juristen zusammen.«

Der Andrang zur Prozesseröffnung war immens. Das Interesse
der Medien sowie der Bürger war so groß, dass der Richter kurzerhand beschloss, das Verfahren im großen Sitzungssaal abzuhal-
ten. Als Max vor dem Amtsgericht die lauernde Presse sah, parkte
er sein Auto zwei Straßen weiter. Er stülpte sich die Baseball-
kappe von Hanno über, die zufällig auf dem Rücksitz lag, und gelangte unentdeckt in den Gerichtssaal. Dort nahm er in der letzten
Reihe Platz und sah sich um. Der Vater war noch nicht da.

Der Raum füllte sich. Aufgeregtes und gespanntes Geplapper
war zu hören wie im Theater, kurz bevor der Vorhang aufgeht. Als
das Gericht eintrat, wurde es still, die Zuschauer erhoben sich und

durften sich wieder setzen. Der Richter schaute in die Runde. Wo war der Vater? Die Verteidiger sahen auf die Uhr und begannen miteinander zu tuscheln. Schließlich stand der Hagere auf und beriet sich mit dem Richter. Die Sitzung wurde um 30 Minuten verschoben, da der Angeklagte sich offensichtlich verspätete.

Max wurde nervös. Er konnte sich das nicht erklären. Der Vater war ein Pünktlichkeitsfanatiker. Er hasste es, auf Konferenzteilnehmer zu warten, die es nicht für nötig hielten, rechtzeitig zum anberaumten Termin zu erscheinen. Er wurde sofort kribbelig, wenn er im Stau stand oder untätig vor der roten Ampel warten musste. Und einen Vertragsabschluss zu verschieben, weil einer der Anwesenden sich nicht zeitgleich entscheiden konnte oder wollte, kommentierte er mit: »Zeit ist Geld« oder direkt: »Sie stehlen mir meine Zeit.«

Als Unternehmer wollte er keine Minute verschwenden und erschien bei jeder Verabredung auf die Minute genau. Sein Vorbild in dieser Beziehung war seit jeher Immanuel Kant, der einzige Philosoph, den er namentlich kannte. Er hatte zwar keine Zeile von ihm gelesen, aber von seinem außerordentlichen Pünktlichkeitswahn gehört. Wenn Kant seine regelmäßigen Spaziergänge durch Königsberg machte, stellten die Bürger ihre Uhren nach ihm, so pünktlich war er. Das hatte dem Vater imponiert, und umso unverständlicher war es, dass er sich heute verspätete. Heute an einem der wichtigsten Tage seines Lebens, an dem es um abenteuerliche Summen Geldes ging.

Was war da passiert? War er auf der Fahrt hierher vielleicht mit dem Auto irgendwo liegen geblieben?

Max ging auf den Flur und rief von einem Fernsprecher die Firma an. »Der Chef hat das Haus vor einer Stunde verlassen. Er müsste längst da sein. Er schien sehr erregt zu sein.«

War ihm etwas zugestoßen? Herzinfarkt vielleicht? Schlaganfall? Aber nein, der Vater legte Wert auf einen jährlichen gründlichen Gesundheits-Check, und die Ärzte hatten ihm erst kürzlich eine Bärenkonstitution bescheinigt. Herz und Blutdruck wie ein Dreißigjähriger.

Wahrscheinlich hatte er nur eine Panne. Stand irgendwo am Straßenrand und versuchte verzweifelt, einen platten Reifen zu wechseln, wovon er natürlich keine Ahnung hatte.

Max hielt es im Gerichtsgebäude nicht länger aus. Er stellte sich draußen auf die Freitreppe und wartete, lief jedem ankommenden Taxi entgegen in der Hoffnung, der Vater säße darin. Aber er hoffte vergeblich. Als die Zuschauer und die Presseleute sich heftig diskutierend durch die Drehtür ins Freie drängelten, erfuhr er, dass der Prozess auf den nächsten Tag verschoben worden war.

Äußerst beunruhigt stieg er in sein Auto und fuhr zum Haus der Eltern. Vielleicht war der Vater aus irgendeinem unerklärlichen Grund dort, oder vielleicht wusste Mimi, wo er war. Mimi, die gute alte Seele des Hauses, die seit vielen Jahren der Familie treu war, sich rührend um die Mutter kümmerte und immer über alles Bescheid wusste.

Als er die Villa betrat, kam sie ihm mit roten Augen entgegen.

»Was ist los?«

Mimi schluchzte und konnte kaum reden. Max nahm sie in den Arm und redete besänftigend auf sie ein.

»Beruhige dich, Mimi. Erzähle, was passiert ist.«

»Ihr Vater war heute Morgen hier«, begann sie stockend. »Ich war in der Küche und hörte, wie er schrecklich mit Ihrer Mutter zu streiten anfing.«

»Worüber? Weißt du, worüber sie stritten?«

»›Der Safe!‹, schrie er. ›Die alten Papiere! Das Patent!‹ Ihre Mutter sah ihn trotzig an und wiederholte kichernd: ›Jaaa, das Patent.‹ ›Das Patent von Dr. Stein. Wo is es?‹, brüllte Ihr Vater und drohte mit der Faust. ›Der Safe ist leer!‹ Ich sah von der Tür aus, wie Ihre

Mutter plötzlich verängstigt den Kopf im Bademantel versteckte und flüsterte: ›Dr. Stein. Post. Dr. Stein. Post. Dr. Stein. Post.‹ Immer wieder sagte sie nur das und lächelte dabei so merkwürdig, als wäre sie nicht ganz bei Trost. Wenn ich nicht dazwischengegangen wäre, wäre Ihr Vater handgreiflich geworden.«

Max' Herz krampfte sich zusammen. Er erahnte die Zusammenhänge, ohne daran glauben zu wollen.

»Und weiter? Was passierte dann?«

»Ihr Vater brüllte die kranke Mutter an ›Bist du verrückt geworden? Wie kommst du dazu, die Papiere wegzuschicken? Willst du mich vernichten? Mich und meine Firma, mein Lebenswerk!‹ Aber sie lächelte nur und antwortete nicht. Da stampfte er mit den Füßen auf wie ein ungezogener Junge und stürmte fluchend aus dem Haus. Das war das Letzte, was ich von ihm gesehen habe.«

Max wurde übel, seine Gedanken drehten sich im Kreis.

»Ich verstehe das nicht. Wie konnte sie denn an die Papiere kommen?«

»Sie hatte einen ihrer klaren Momente, da war ihr der Code zum Safe eingefallen.«

»Und wie konnte sie sie mit der Post verschicken? In ihrem Zustand?«

Mimi hielt die Hände vors Gesicht und fing erneut an, hemmungslos zu schluchzen.

»Das war ich«, stotterte sie und hatte Mühe, die richtigen Worte zu finden. »Ihre Mutter hat sie mir anvertraut und mich gebeten, sie nach Amerika an die Adresse einer Familie Stein zu schicken.«

Mit ängstlich aufgerissenen Augen starrte sie Max an und schwor:

»Ich wollte ihr nur einen Gefallen tun. Sie hat mich so sehr darum gebeten. Ich hatte doch keine Ahnung, dass sie so wichtig waren.«

Der Jagdhund des Vaters wartet vor der verschlossenen Haustür. Quer im Maul hat er eine brennende Pfeife. Als der Rauch erlischt, lässt er sie fallen und rennt davon.

Max flüchtete aus dem Haus und suchte die stoische Ruhe seines Gartens auf. In der Firma gab er Bescheid, wo er zu erreichen war, und bat um Nachricht, sobald es Neuigkeiten gab.

Am frühen Nachmittag hielt ein Polizeiauto vor dem Kutscherhaus. Zwei Polizisten standen vor der Tür, schauten betreten auf den Boden und teilten ihm mit, dass der Vater tödlich verunglückt sei.

Max stockte der Atem, er brachte kein Wort heraus.

»Wir wissen noch nicht, wie es dazu kommen konnte«, sagte der eine Polizist. »Die Autobahn war wenig befahren.«

»Ein Geisterfahrer?«, brachte Max mühsam heraus.

»Nein. Der Fahrer eines nachfolgenden Fahrzeugs hat ausgesagt, dass der Porsche Ihres Vaters urplötzlich nach rechts abdriftete und direkt auf einen Brückenpfeiler zuraste. Es gibt keine Bremsspuren.«

»Ein Blackout?«

»Möglicherweise. Er war sofort tot.«

Max schluckte.

»Kein Wunder bei der Geschwindigkeit«, sagte der zweite Polizist. »Er war nicht angeschnallt.«

»Aber auch mit Sicherheitsgurt hätte er nicht überlebt. Im Wrack des Autos fanden wir nur dieses Buch im Handschuhfach. Bitte unterschreiben Sie den Empfang.«

Die beiden Polizisten erhoben sich. »Brauchen Sie Hilfe? Einen Arzt? Einen Psychologen?«

Max winkte müde ab.

»Kann ich ihn sehen?«

»Nach der Obduktion. Er muss auf Alkohol und Drogen untersucht werden. Später werden Sie ihn identifizieren müssen. Wir melden uns.«

Nachdem die beiden Polizisten gegangen waren, schaute Max gedankenverloren auf das Buch, das den Titel *Small is Beautiful* trug. Der Untertitel lautete *Die Rückkehr zum menschlichen Maß,* der Autor hieß E. F. Schumacher. Er stutzte, so ein Thema hatte den Vater interessiert? Beim Durchblättern der Buchseiten entdeckte er unzählige Randbemerkungen in seiner Handschrift. Einen Satz hatte er sogar rot unterstrichen: *Größer. Schneller. Mehr – dieses Prinzip ist am Ende.* Also hatte sich doch ein Gesinnungswandel in ihm vollzogen, der Max bisher verborgen geblieben war?

In der Leichenhalle zogen sie das Tuch vom Kopf des Vaters. Max schaute befangen aus einiger Entfernung zu. Vor diesem Augenblick hatte er sich gefürchtet. Er erwartete, auf einen deformierten, blutverschmierten Körper zu blicken, und war überrascht, wie unversehrt er aussah. Sein Gesicht war entspannt, seine Haut wächsern, es wirkte, als lächele er und schien zufrieden. Nur die Augenpartie mutete seltsam an. Das linke Auge war wie im Schlaf geschlossen, während der Augapfel braun verfärbt war und merkwürdig hervorragte. Zögernd ging Max näher und erkannte mit Bestürzung, dass sich Vaters Pfeifenstiel durch den Aufprall tief in seine Augenhöhle gebohrt hatte. Nur der glänzende Pfeifenkopf ragte heraus.

Es gab keinen Zweifel.

»Er ist es.«

Die große Uhr über dem Eingangsportal der Firma ist stehen geblieben. Max klettert auf einer Leiter hoch und versucht, sie mit einem Schlüssel aufzuziehen. Vergeblich. Als er das Zifferblatt berührt, fallen die Zeiger ab.

Der Prozess ging verloren.

Die amerikanische Familie Stein legte die originale Patentbeschreibung sowie Notizen aus den Jahren 1943/44 vor, die ihr anonym aus Deutschland zugeschickt worden waren. Nach eingehender Prüfung attestierte das Gericht die Echtheit der Dokumente und verurteilte die Firma zu 70 Millionen Dollar Schadenersatz. Die eigentliche Straftat konnte nicht aufgeklärt werden, da der Täter als einziger Zeuge nicht mehr befragt werden konnte, weil er verstorben war.

Die horrende Strafzahlung wurde mit einem Kredit der Hausbank erledigt. Was sich als schlimmer erwies, war der Imageschaden. Die Medien stürzten sich wie die Geier auf das Ereignis. Sie wühlten im Dunkel der Kriegsjahre und versuchten das geheimnisvolle Verschwinden von Dr. Stein zu ergründen. Neue Gerüchte entstanden und wucherten.

Die Konkurrenz nutzte die Lage. Geschäftspartner zogen sich zurück. Die Umsätze waren rückläufig. Einige Produktionsstätten und Zweigwerke mussten geschlossen werden. Max war gezwungen, Mitarbeiter zu entlassen. Er war verzweifelt, denn die Firma hatte ihren guten Ruf nicht zuletzt dadurch erhalten, dass sie ausgezeichnete Fachkräfte beschäftigte. Im Gegenzug zu deren erstklassiger Leistung gab sie ihnen Sicherheit und stellte eine lebenslange Karriere in Aussicht. So waren Kapazitäten aus dem ganzen Land in die Nähe des Firmensitzes gezogen, hatten ein Häuschen gebaut, ihre Kinder besuchten die örtliche Schule, sie waren heimisch geworden. Und plötzlich waren sie arbeitslos. Entwurzelt.

Für Max war das größte Problem, das Lügengespinst des Vaters zu entlarven. Er war davon überzeugt gewesen, immer gewusst zu haben, woran er bei ihm war. Sein poltriges Handeln und seine zuweilen vulgäre Wortwahl hatten ihn oft abgestoßen. Seine brutale Art, Probleme anzugehen, wie er Mitarbeitern ins Wort fiel, wenn sie nicht sofort zum Punkt kamen, wenn er einen Geschäftspartner wechselte, weil er nicht seinen Erwartungen entsprach, das alles hatte ihm missfallen. Aber seiner Redlichkeit war er sich immer gewiss gewesen.

»Lüg mich nicht an!«, hatte er einmal geschrien, weil Max als Schüler seine Unterschrift unter einen Verweis gefälscht und sich damit herausgeredet hatte, dass die Eltern verreist waren.

»Mit der Wahrheit kannst du leben, wenn sie auch noch so schwer ist«, hatte er ihm gedroht, »mit der Lüge nicht.«

Jetzt war der Vater tot, und die Lüge lebte.

Je länger Max sich damit beschäftigte, desto deutlicher wurde ihm bewusst, dass die Mutter Kenntnis von dem Patent des Dr. Stein gehabt haben musste. Sonst hätte sie nicht veranlasst, die Unterlagen nach Amerika zu schicken. Aber warum hatte sie das getan? Wollte sie der Lügerei ein für alle Mal ein Ende bereiten? Oder hatte sie dem seelischen Druck nicht standgehalten? In ihrem heutigen geistigen Zustand war sie sich wahrscheinlich der Folgen ihres Handelns nicht mehr bewusst.

Trotzdem nahm Max sich vor, sie darauf anzusprechen. Vorher konsultierte er den behandelnden Arzt.

»In dem Stadium der Demenz, in dem sie sich befindet, ist sie nur mit großer Geduld zu erreichen«, sagte er. »Benutzen Sie kurze Sätze. Fragen Sie nicht *warum*. Das würde sie weder begreifen, noch könnte sie darauf antworten. Versuchen Sie es mit Gestik und Mimik.«

Max setzte sich ihr gegenüber, nahe genug, um ihr direkt in die müden Augen zu schauen. Er wollte sie nach Dingen fragen, die emotionale Erinnerungen auslösen: Orte, Töne, Gerüche, Namen.

»Dr. Stein«, sagte er langsam und lächelte die Mutter freundlich an.

»Ja, ja, Dr. Stein …«

Sie hob die Augenbrauen, lächelte entrückt und erschrak. Dann erlosch ihr Blick. Kein Bild drang mehr in ihr Bewusstsein. Die Pupillen reflektierten das Geschaute nur noch wie kleine Spiegel.

Die Außenwelt nahm sie nicht mehr wahr. Die Angst, die sie seit dem Ende des Krieges gequält hatte, war verschwunden.

Eine goldberingte Brieftaube fliegt durch das offene Fenster herein. Im Schnabel trägt sie einen dicken Umschlag. Max nimmt ihn ihr ab und betrachtet ihn neugierig von allen Seiten.

Als er das Kuvert öffnet, fällt sein Sohn Hanno heraus.

Max tauschte sein Büro mit dem Chefzimmer des Vaters. Jetzt war er nicht mehr der Junior, sondern der Boss. Um auch äußerlich zu demonstrieren, dass in der Firma ein neuer Wind wehte, tauschte er das gesamte Mobiliar aus, das ihm leicht verstaubt erschien. Ein frischer Geist sollte Einzug halten, unbelastet von der Vergangenheit, mit starken Ideen in moderner Erscheinung. Es war ein Signal an alle für einen Neuanfang. Die Räume bekamen einen hellen Farbanstrich, die graue Auslegeware wurde durch resedafarbene Teppiche mit roten Tupfen ersetzt und die Neonbeleuchtung durch Tageslichtlampen abgelöst. Die Gardinen, die von dem Pfeifenrauch des Vaters vergilbt waren, wurden entsorgt und durch abwaschbare Jalousien ausgetauscht. Moderne und körpergerechte Büromöbel für alle wurden bestellt. Die Stimmung in der Firma stieg. Man war nett zueinander, es wurde wieder gelächelt. Die Sekretärin tauschte ihr graues Kostüm gegen ein geblümtes Kleid, und die Herren ihre eintönigen Strickschlipse gegen farbenfrohe Seidenkrawatten. Wenn Max in die Fertigungshalle ging, ließ er sein Jackett im Büro und unterhielt sich ungezwungen mit den Arbeitern und Angestellten, fragte nach ihren Familien, ihrer Gesundheit, ihren Wünschen, ihren Vorschlägen. Oft erfuhr er Dinge nicht nur über die anderen, sondern auch über sich selbst. Er gewann an Sympathie und an Respekt. Die Mitarbeiter waren sich einig, dass das Betriebsklima noch nie so gut gewesen war.

Als Max' neuer Schreibtisch eintraf, machte er sich daran, alle Fächer und Schränke des Vaters leer zu räumen. Beim Studium seiner Papiere wurden Erinnerungen wieder lebendig. Es gab so viele Fragen, die er ihm heute gern gestellt hätte. Aber dazu war es zu spät.

Eine verschlossene Schublade, zu der offensichtlich niemand im Büro einen Schlüssel besaß, musste aufgebrochen werden.

Zuoberst lag ein Kuvert mit der Aufschrift *Hanno*.

Max drehte und wendete den Umschlag. Was hatte es damit auf sich? Es war ungewöhnlich, keinem anderen Familienmitglied hatte er etwas Schriftliches hinterlassen. Was für eine Bewandtnis konnte der Brief haben? Welches Geheimnis steckte dahinter? Jeder in seiner unmittelbaren Umgebung wusste, dass der Vater Freundschaft oder gar Liebe nicht gekannt hatte. Er pflegte Geschäftsbeziehungen, hielt Kontakte, besprach sich mit Mitarbeitern, ohne sich um deren Rat zu kümmern. Mehr brauchte er nicht. Privat genügten ihm eine Familie auf Distanz und sein Jagdhund. »Für Freunde braucht man Zeit, und die habe ich nicht«, behauptete er. Es gab nur eine einzige Ausnahme: sein Enkel Hanno. Für ihn tat er alles.

Als Hanno einmal im Park einen Laubfrosch gefangen und ihn seinem Großvater gezeigt hatte, nahm der ihn bei der Hand, stieg mit ihm hinunter in den Keller und holte ein leeres Einweckglas. Sie bastelten gemeinsam eine kleine Holzleiter, pflückten ein paar Blätter und Äste und arrangierten dem Frosch im Glas eine Bleibe. Sie fütterten ihn mit Fliegen und beobachteten gespannt, wenn er bei schönem Wetter die Sprossen hochkletterte oder bei Regen auf dem Boden hocken blieb.

Ein anderes Mal war eine Schwalbe an die große Verandascheibe geflogen und gestorben. Hanno weinte bitterlich, und es war der Großvater, der seine Tränen trocknete. Zu zweit begruben sie die Verunglückte auf dem Vogelfriedhof unter der großen Trauerweide. Hanno blies zum Abschied seine Blockflöte, und der Großvater legte ihr eine Blume aufs Grab. Bei der anschließenden Trauerfeier mit Kuchen und Schlagsahne erzählte der Großvater Geschichten über freche Spatzen, Brieftauben oder diebische Elstern.

Die Mutter hatte diese Zweisamkeit mit Erstaunen beobachtet.

Max und Charlotte waren, ohne es zu wollen, etwas eifersüchtig.

Marie lächelte in sich gekehrt und schwieg.

Nun also dieser Brief. Max überlegte, ob er ihn öffnen oder Hanno übergeben sollte, zögerte, legte ihn zurück und kam schließlich doch zu dem Ergebnis, dass er wahrscheinlich etwas Besonderes enthielt, von dem er als sein Erzieher erfahren müsste.

Der Umschlag enthielt einen Vertrag, der vor vielen Jahren zwischen Marie, seiner geschiedenen Frau, und dem Vater geschlossen worden war. Darin war geregelt, dass von einem geheimen Konto eine monatliche Unterhaltszahlung für den gemeinsamen unehelichen Sohn Hanno zu zahlen sei unter der Bedingung der Schweigepflicht. Im Falle eines Vertragsbruchs würden die Zahlungen mit sofortiger Wirkung eingestellt werden.

Max hielt das Blatt Papier in der Hand und fing am ganzen Leib an zu zittern. Der Begriff *Schweigegeld* schoss ihm durch den Kopf, der schon bei der Unterzeichnung der Scheidungsurkunde gefallen war. Damals hatte er ihn nicht verstanden, und der Vater hatte sofort davon abgelenkt. Jetzt wusste er, warum. Er fiel rückwärts in seinen Sessel und starrte auf die gegenüberliegende Wand mit dem Porträt des toten Firmengründers, der ihn mit nur einem Auge anzugrinsen schien, weil in dem anderen die Pfeife steckte.

Hanno war nicht Max' leiblicher Sohn, sondern der Sohn des eigenen Vaters! Hanno war nicht der Enkel des Großvaters, sondern dessen Kind! Und er war Charlottes Halbbruder.

Der Schock saß tief, eine Mischung aus Unglauben und Verzweiflung überrollten ihn wie ein Tsunami. Wie oft hatten andere Menschen Hanno mit ihm verglichen und verzückt über das Kind gesagt: »Genau wie der Vater.« Er hatte sich stets darüber gefreut, aber mit dem heutigen Wissen klang der Vergleich nur noch sarkastisch und bitter. Hanno konnte nichts dafür, wer ihn gezeugt hatte. Was immer geschehen war, für Max war und blieb er sein geliebter Sohn.

Und doch veränderte sich die Perspektive. Plötzlich bewertete er das zuweilen aufbrausende Temperament des Jungen und seine Ungeduld anders als bisher, und die Eigenschaften erinnerten ihn an seinen Erzeuger. Den häufigen Konkurrenzkampf hatte er als wichtigen und typischen Vater-Sohn-Konflikt eingeschätzt, als eine Phase, die normal war und sich beizeiten wieder geben würde. Aber nicht im Traum hatte er an eine genetische Prägung seines Vaters oder vielmehr Hannos Großvater gedacht.

Er zermarterte sich den Kopf, wann und wo Maries Seitensprung stattgefunden haben konnte. Ihre Schwangerschaft war erst auf dem Weg nach Afrika vom Schiffsarzt bestätigt worden, also muss es kurz vor oder kurz nach der Hochzeit passiert sein, als der Vater sie mit auf die Pirsch genommen und er selbst noch im siebten Himmel geschwebt hatte. Jetzt fiel ihm wieder ein, dass ihm damals ihr sonderbares Verhalten aufgefallen war. Aber das hatte er ihrem Zustand beigemessen, und es war ja auch nach kurzer Zeit wieder vorbei.

Jetzt kannte er den wahren Grund. Seine Frau hatte ihm Hörner aufgesetzt. Der eigene Vater war sein Nebenbuhler. Hätte er doch nur auf die Mutter gehört! Sie hatte ihren Mann oft als Schürzenjäger bezeichnet und Max von Anfang an gewarnt, als er mit seiner schönen Französin ankam. Er hatte das für einen Scherz gehalten. Wer denkt schon daran, dass ein Vater seinen Sohn mit dessen Frau betrügt? Hatte der Vater sie missbraucht? Aber das hätte er doch mitbekommen!

Oder hatte Marie den Vater verführt? Sie liebte es, mit dem Feuer zu spielen. Sie wusste um ihre erotische Ausstrahlung, verstand es, die Blicke der Männer auf sich zu lenken und deren Verlangen zu spüren. Vielleicht war sie mit dem Vater zu weit gegangen, hatte mit ihm geflirtet, ihn mit Worten, Blicken und Anspielungen gelockt, und er hatte es als Angebot verstanden. Gelegenheit macht Liebe.

Max erinnerte sich, wie er eines Abends den Vater nach Büroschluss bei einem Flirt mit seiner Sekretärin erwischt hatte, mit derselben jungen Frau, der auch er einmal zu nahegekommen war. Unbemerkt hatte er sich schmunzelnd aus dem Staub gemacht und keine weiteren Gedanken daran verschwendet. Es war ihm peinlich. *Einmal ist keinmal,* heißt es. Heute würde er sagen *Zweimal ist einmal zu viel.*

Max hört lautes Babygeschrei. Genervt hält er sich die Ohren zu, bis sich plötzlich Maries besänftigende Stimme einmischt. Sie kommt ihm mit einem Kinderwagen entgegen. Max beugt sich darüber, um das Neugeborene zu bewundern. In den Kissen liegt sein Vater.

Max saß im Nachtzug nach Paris. Er war allein im Abteil, öffnete das Fenster und schaltete das Licht aus.

Die Dunkelheit verschaffte ihm Ruhe, und der Fahrtwind kühlte sein Gemüt. Die katastrophale Enthüllung hatte ihn zunächst mit Unglauben erfüllt, danach wechselten Enttäuschung, Trauer, Empörung, Wut, Hass, Rachsucht, bis ihm bewusst wurde, dass nichts von alledem an der Tatsache etwas ändern würde.

»Es ist, wie es ist«, hatte seine Mutter immer gesagt, wenn es keine Alternative gab.

Jetzt war Max auf dem Weg zu Marie, um ihr mitzuteilen, dass er informiert war. Er wollte über Hanno sprechen und sie bitten, diesem die Wahrheit auch für alle Zukunft zu verschweigen.

Er hatte einige Zeit gebraucht, um zu dieser Entscheidung zu kommen. Biologisch war die Sachlage klar. Hanno war nicht sein Sohn. Er hatte ihn nicht gezeugt. Aber was brächte es, wenn er ihn jetzt darüber unterrichtete, dass sowohl sein Großvater als auch seine Mutter ihn belogen und betrogen hatten? Er erinnerte sich an die Warnung des Vaters, die ihn seit seiner Kindheit verfolgte: *Traue niemandem außer dir selbst, vor allem nicht den Menschen, die du bewunderst, denn die werden dir am meisten Schmerz zufügen.*

Niemand aus der Familie hatte das Wort *ehrlich* öfter benutzt als der Vater. Doch wenn die Tatsache jetzt ans Licht käme, würde sowohl der Vater als auch Marie entlarvt werden, und das wäre eine Katastrophe für Hanno. Schon die Scheidung hatte der Junge nur schwer verkraftet. Welchen Schaden würde diese neue Hiobsbotschaft anrichten? Wohlwissend, dass es seiner eigenen Wahrheitsliebe widersprach, entschied sich Max für die Notlüge, um sein geliebtes Kind vor der Realität zu schützen.

Er hatte nur eine kleine Umhängetasche mit dem Nötigsten dabei, Zahnbürste, Kamm, Rasierapparat, Unterwäsche zum Wechseln und Vaters Buch von Schumacher. Er hatte nicht vor, länger zu bleiben, sondern wollte abgesehen von einem kurzen kompakten Treffen mit Marie noch einmal die glücklichen Jahre in der Stadt der Liebe Revue passieren lassen, die eine kleine Ewigkeit zurücklagen. Noch einmal zu Fuß durch die Straßen bummeln, noch einmal ins Quartier Latin, die Sorbonne beschnuppern, noch einmal am Jazzkeller in der Rue Huchette vorbei, wo er Bauch an Bauch Schieber getanzt hatte, *Smoke Gets in Your Eyes*. Er dachte schmunzelnd an das Knöllchen, das er zahlen musste, weil er Marie öffentlich im Bois de Boulogne geküsst hatte. Im dritten Stock des Hauses am Boul' Mich', wo er glückselige Zeiten mit der schönsten Frau der Welt in seiner kleinen Wohnung verbracht hatte, stand das Fenster offen. Eine mollige Französin mit Lockenwicklern im Haar goss die Blumen, er winkte ihr zu, und sie winkte erfreut zurück. Seine WG existierte schon lange nicht mehr. Ein Immobilienmakler bot ihm seine Dienste an, er schüttelte traurig den Kopf.

Die französische Sprache zog ihn wieder in den Bann. Dieser Wohlklang, diese Musikalität, diese Leichtigkeit! Selbst der übelste Fluch klang heiter. Im Gegensatz dazu war seine Muttersprache

Deutsch in seinen Ohren immer etwas hölzern, steif, kopfgesteuert. In der Firma wurde jedes seiner Worte auf die Goldwaage gelegt und im Zweifelsfall noch nach Jahren zitiert. Immer musste er vorsichtig abwägen, was er sagte.

Englisch mit seinen unterschiedlichen Sprachebenen verband er stets mit Südafrika, wobei er wohl zu unterscheiden wusste zwischen dem Queen's Englisch, das von den gebildeten Wohlstandsbürgern gesprochen wurde, dem Afrikaans-Englisch, das viele Gemeinsamkeiten mit dem Plattdeutschen und dem Niederländischen aufwies, und schließlich dem wunderbaren Elton-Englisch.

Französisch war und blieb seine Lieblingssprache, auch wenn es ihn schmerzlich an Marie erinnerte. Dreimal hatte er nach seiner Ankunft in Paris versucht, sie von einem öffentlichen Münzfernsprecher aus zu erreichen, aber sie hatte nicht abgehoben. Zu dumm, dass er sich nicht angemeldet hatte. Vielleicht war sie verreist. Oder sie hatte einen Job gefunden, obwohl sie das bei den ihm bekannten monatlichen Zuwendungen nicht nötig hätte. Als sie endlich antwortete, klang ihre Stimme sachlich, aber nicht unfreundlich, und sie war einverstanden, ihn zu sehen.

Max bummelte den Boulevard Saint-Germain entlang und stand schließlich vor dem verabredeten Treffpunkt Café de Flore. Wehmütig schaute er auf die schwatzenden Menschen, die an den runden Tischchen ihren Café au Lait tranken und ihr Leben zu genießen schienen. Hier hatte alles begonnen. Hier war er vor gefühlten hundert Jahren Marie begegnet. Das Schicksal hatte sie zusammengeführt, und das nur, weil er aus Versehen aus ihrer Kaffeetasse getrunken hatte. Was für ein Zufall! Noch heute musste er schmunzeln, wenn er daran zurückdachte. Wie geschickt und charmant Marie es verstanden hatte, der Situation die Peinlichkeit zu nehmen!

Auf der Terrasse waren alle Plätze besetzt, und so ging er hinein, bestellte einen Café Crème und ein Croissant und begann, in dem Buch zu lesen, das sie im Handschuhfach von Vaters Porsche gefunden hatten. Auch damals hatte er hier gesessen und gelesen und war mit Jules Verne zum Mittelpunkt der Erde gereist. Diesmal faszinierte ihn der Blick des Ökonomen Schumacher auf die Wirtschaft und den Menschen: *Small is beautiful.* Wie recht er hatte! Waren nicht auch die Saurier ausgestorben, während die Mäuse überlebten? Natürlich gab es Grenzen des Wachstums. Die Natur macht es uns vor. Jedermann weiß zwar, dass die Bäume nicht in den Himmel wachsen, glaubt aber, dass die Weltwirtschaft nur gesund ist, wenn sie jährlich wächst. Wachstum ist Pflicht.

Eine Million auf dem Konto macht den Menschen angeblich glücklich. Also müssten zwei Millionen doppelt glücklich machen?

Max blätterte nervös in dem Buch, er konnte sich schlecht auf den Inhalt konzentrieren. Er war froh, als Marie endlich auftauchte und sich wortlos neben ihn setzte, ohne ihm die Hand zu reichen, ohne Umarmung. Sie wirkte ruhig, freundlich, entschlossen.

»Ich kann mir denken, warum du hier bist.«

»Ach ja?«

»Hanno.«

»Ja, Hanno.«

»Wie geht es ihm?«

»Gut.«

»Und wie geht es dir?«

»Gut.«

»Läuft dein Laden?«

»Ja.«

»Bist du glücklich? Jetzt, wo du deinen Willen durchgesetzt hast und auf eigenen Füßen stehst?«

»Ja.«

Pause. Schweigen. Beide warteten auf den nächsten Anlauf des anderen, bis sich schließlich Marie überwand. Sie legte ihre Hand auf seine und sagte: »Es tut mir leid, Max. Ich hätte es dir sagen sollen.«

»Sagen sollen? Wie wäre es mit einer kleinen Erklärung? 15 Jahre Lüge! Wie hast du damit an meiner Seite leben können? Was war das für eine Geschichte mit meinem Vater? Hast du ihn geliebt?«

»Ach Max. Natürlich nicht. Ich war jung damals, naiv, kokett. Ich habe nicht nachgedacht. Dein Vater hat mir imponiert, ich habe ihn bewundert. Er war so souverän, so großzügig, so bestimmend. Er hat mich verwöhnt, und ich wollte nett zu ihm sein. Du weißt doch selbst, dass man ihm nicht widersprechen konnte. Dass es so weit kommen würde, habe ich nicht gewollt. Es ist einfach geschehen, als es in Strömen zu gießen begann und wir in einem Zelt Unterschlupf fanden. Es war nur dieses einzige Mal. Ich sagte es schon, Max, es tut mir leid.«

Max atmete schwer. In Erinnerung an seine eigene Affäre mit der Sekretärin hatte er sich vorgenommen, ihr keine Vorwürfe zu machen. Er hätte den Seitensprung verziehen. Aber 15 Jahre Unaufrichtigkeit, Tag für Tag, waren einfach zu viel. Das Lügengebäude, das sie aufgebaut und gepflegt hatte, war erdrückend.

Hatte er trotzdem insgeheim gehofft, sie zurückgewinnen zu können?

»Hast du mich eigentlich jemals geliebt, Marie? So wie ich dich? Damals wie heute?«

»In Afrika waren wir glücklich, zumindest am Anfang. Trotz allem. Aber die Vergangenheit kann man nicht zurückholen, Max. Vergiss es.«

Marie war und blieb die bitterste Enttäuschung in Max' Leben.

Die Liebe zu ihr hatte ihn geblendet.

Der nächste Zug zurück nach Deutschland fuhr in einer Stunde.

Marie flattert mit wehenden Haaren an ihm vorbei. Sie schaut aus wie ein Engel, hat aber nur einen Flügel. Als sie Max erkennt, streckt sie ihm wortlos die Zunge raus und fliegt weiter.

Nach all den Jahren, die er mit Marie verbracht hatte, stellte Max sich die Frage, was ihn damals an ihr fasziniert hatte und was ihm heute fremd erschien.

Sie muss mich sympathisch gefunden haben, dachte er, sonst hätte sie sich nicht auf mich eingelassen. Sie wusste damals ja noch nicht, wer er war, und hatte keine Ahnung, dass er eines Tages ein Millionenerbe antreten würde. An seiner Kleidung konnte es nicht gelegen haben, die war konservativ und wenig aussagekräftig.

Max rekapitulierte. Hatte er sie all die Jahre einfach verkehrt eingeschätzt? Wer war Marie wirklich? Da war zunächst ihr außergewöhnliches Aussehen, ihre Modelfigur. Sie hatte es nicht nötig gehabt, sich herauszuputzen. Sie bewegte sich nackt genauso frei und ungezwungen wie im Ballkleid, ohne Allüren, ohne Scham. Ihr Lachen war ungekünstelt und ansteckend. Selbst wenn er sie fotografierte, blieb sie natürlich und unverkrampft.

Worauf sie größten Wert gelegt hatte, war ihre Garderobe. Sie träumte davon, immer zwei neue Kleidungsstücke im Schrank zu haben, die sie noch nie zuvor getragen hatte. Das hatte eines Tages zu einer kontroversen Situation geführt: Da sie in den Galeries Lafayette nur ein bescheidenes Salär bezog, wunderte sich Max, als er einen extravaganten Kaschmirpullover von ihr fand, an dem ein Preisschild mit einer astronomischen Summe hing. Den hätte sie sich selbst niemals leisten können. Als er das Etikett für sie entfernen wollte, riss sie ihm das Modell aus den Händen. »Bist du verrückt geworden? Der Pulli muss morgen samt Label zurück ins Geschäft, sonst gibt es Ärger!«

»Gefällt er dir nicht?«, fragte er nichtsahnend.

»Ist bloß geliehen«, war ihr lapidarer Kommentar.

Marie besaß kein Schuldbewusstsein, sie kannte kein schlechtes Gewissen und nahm sich einfach, was ihr gefiel. Sie war wie ein schönes Tier, das ohne Scheu und ohne Ängste durchs Leben lief.

Ihre Liebe verschenkte sie großherzig, solange sie die Freiheit hatte, das zu tun, was sie unter Leben verstand.

Intellektuell konnte sie Max nicht das Wasser reichen. Oft wirkte sie oberflächlich, aber was ihr an Wissen und Bildung fehlte, machte sie mit gesundem Menschenverstand wett.

Er weigerte sich, ihre gemeinsam verbrachte Lebenszeit nur aus seiner eigenen Perspektive zu beurteilen. Marie war ohne Frage etwas Besonderes gewesen, eine Individualistin, die er über viele Jahre begleiten durfte und die ihn mit ihrer Andersartigkeit immer wieder überrascht und beglückt hatte. Trotz der Enttäuschung über die verlorene Liebe, die er als Niederlage empfand, konnte Max nicht umhin, Marie in ihrem Werdegang zu bewundern. Aus dem lebenslustigen, unbedarften Mädchen von nebenan war eine erfolgreiche Unternehmerin geworden, die nach dem Vorbild ihrer Schwiegermutter mit einem Antiquitätengeschäft und einer Galerie auf eigenen Füßen stand.

Sie hatte Karriere gemacht, und er begriff, dass sie sich nicht hatte zähmen lassen. Sie hatte zwei Kindern das Leben geschenkt. Von zwei Vätern. Wen interessierte das schon? Nachdem die

Kinder das Laufen erlernt hatten, war es für sie an der Zeit gewesen, an sich selbst zu denken und zu ihren Wurzeln zurückzukehren.

Wilde Tiere sind an ihr Revier gebunden.

Max öffnet den Sarg der Mutter. Sie richtet sich auf, steigt aus, umarmt ihn und fliegt davon. Max legt sich hinein. Er braucht Ruhe.

Mit der Firma ging es bergab. Die Entlassungen und Schließungen von Teilen des Unternehmens brachten nur kurzfristige Erleichterung. Max bat eine Unternehmensberatung um Hilfe. Fremde Leute fluteten die Büros und machten sich über die Akten und Bilanzen her. Unruhe entstand unter den Mitarbeitern, bei dem anstehenden Rationalisierungsprozess konnte jeder das nächste Opfer sein.

Die Mutter magerte immer mehr ab. Sie war inzwischen nur noch Haut und Knochen. Wie ein Geist stolperte sie durchs Haus, stürzte und kam nicht mehr auf die Beine. Sie wehrte sich gegen jede Stütze und wurde aggressiv. Nach langer Krankheit wurde sie eines Tages endlich erlöst, sie starb wie viele Demenzkranke an einer Lungenentzündung im Hospital.

* * *

Für Max brachte der Tod der Mutter eine große Leere. Das Schicksal ließ ihn allein, überforderte ihn. Die Verantwortung für die Firma, der Unfall des Vaters, die verdammte Untreue, Hanno, die Scheidung – es war einfach zu viel. Er verlor sich in Grübeleien und innere Monologe. Er brach alle sozialen Kontakte ab und konnte nur noch mit Hilfe von Tabletten schlafen.

Am schlimmsten waren die Ängste. Angst vor der Zukunft, Angst zu versagen, Angst vor der Erinnerung, Angst vor den nächtlichen Albträumen. Überall lauerte Beklommenheit und sog ihn aus.

Das Einzige, wovor er keine Angst mehr hatte, war der Tod. Öfter dachte er jetzt daran, seinem Leben ein Ende zu setzen. Aber da waren die beiden Kinder, die er liebte und die ihn brauchten.

Doch eines Tages half auch diese Erkenntnis nicht mehr. Max brach unter der Last zusammen. Er saß an seinem Schreibtisch im Büro und weinte hemmungslos. Man brachte ihn in ein Sanatorium auf dem Land, wo Ärzte und Psychologen seine Depression behandelten. Mit Medikamenten bekamen sie sie einigermaßen in den Griff, aber es wurde eine lange und mühselige Rückkehr ins Leben.

Auf Druck der Banken kümmerte sich eine stellvertretende Geschäftsführung um das Wohl der Firma.

Den einzigen Sonnenschein brachten Hanno und Charlotte in Max' Leben, die inzwischen selbstbewusste und verantwortungsvolle Teenager geworden waren. Sie kamen an jedem freien Wochenende zu Besuch, hakten sich links und rechts bei ihm unter und spazierten mit ihm durch den Park der Klinik. An einem Sonntag platzte Charlotte mit der Neuigkeit heraus:

»Paps, du kannst Hanno gratulieren!«

»Wieso? Hab ich deinen Geburtstag etwa vergessen, ich Trottel?«

Hanno strahlte.

»Ich habe die Führerscheinprüfung bestanden!«

Charlotte sah ihren Bruder bewundernd an und erklärte:

»Die Firma hat uns ein kleines Auto zur Verfügung gestellt, damit wir dich einfacher besuchen können. Jetzt sind wir nicht mehr auf den Bus angewiesen, der ja nur zweimal am Tag fährt.«

»Herzlichen Glückwunsch, Hanno.« Max klopfte seinem Sohn

anerkennend auf die Schulter. »Ich vergaß, wie groß du schon bist. Aber du«, sagte er zu Charlotte, »musst darauf aufpassen, dass er nicht zu schnell fährt. Er kann manchmal sehr ungeduldig sein. Versprich mir das.«

»Mach ich. Ist doch klar. Ich passe auf meinen großen Bruder auf, dass er keine Dummheiten macht.«

»Und ich auf meine kleine Schwester.«

Da war sie wieder, die Angst. Die Vorstellung, seine Kinder könnten einen Unfall haben wie der Vater, schnürte Max die Kehle zu. Sie bemerkten seine Atemnot und lenkten schnell vom Thema ab. Sie berichteten von der Schule, den letzten Klassenarbeiten, von blöden Lehrern, erzählten von den Fächern, in denen sie glänzten, und verschwiegen die Stolpersteine. Sie schwärmten von tollen Partys, wer mit wem ging, und machten sich lustig über den Vater, der die neue Single von den Rolling Stones nicht kannte. Sie eröffneten ihm ihre Ferienwünsche und ihre Pläne für die Zukunft.

Die Firma kam in ihren Träumen nicht vor. Max registrierte ihr offensichtliches Desinteresse an allem Geschäftlichen, aber er akzeptierte es. Vielleicht war es auch nur eine Antihaltung, weil für sie nichts Erstrebenswertes darin zu erkennen war, sein Leben nachzuahmen. Oder war es noch zu früh, überhaupt daran zu denken? Er wollte nicht den gleichen Fehler machen wie damals sein Vater. Von klein auf hatte er dessen extremen Druck gespürt und eigentlich nie eine Wahl gehabt. Seine Kinder sollten ihre Jugend genießen, frei von allen Zwängen. Sie hatten das Glück, in ihm einen Partner zu haben, der ihnen die Freiheit ließ und keine Pflichten auferlegte. Hanno hatte noch zwei Jahre Zeit, sich für oder gegen das Unternehmen zu entscheiden. Auch würde er erst noch beweisen müssen, dass er dazu überhaupt geeignet wäre. Charlotte, die zwei Jahre jünger war als ihr Bruder, war noch verspielt und zeigte eher künstlerische Tendenzen.

Als die Besuchszeit zu Ende war, begleitete er die Kinder zum Auto. Es fiel ihm schwer, sich zu verabschieden, und er winkte noch, nachdem sie in der Ferne verschwunden waren und nicht mehr sehen konnten, dass er weinte. Die Angst, diese verdammte Angst hatte ihn wieder im Griff.

Er ging ins Bad, um sein Gesicht zu kühlen und seine Tränen abzuwischen. Als er in den Spiegel schaute, musste er wider Willen lachen. Ein Witzbold hatte mit Lippenstift auf die Scheibe geschrieben *Trauer macht schlauer*. Dieses Zitat ging ihm tagelang nicht aus dem Kopf. Er wälzte es hin und her, und es half ihm, seinen Zustand anzunehmen. Von nun an ging es ihm jeden Tag etwas besser.

*Max' Sturz in die Tiefe verlangsamt sich. Er ertastet Gurte um
seinen Körper und erkennt, dass er an einem Fallschirm hängt.
Das Leben hat ihm einen Aufschub gewährt.*

Vier Monate später stand er unverhofft vor der Schule, befreite
seine Kinder vom Internatsfraß, wie sie es nannten, und ent-
führte sie in ein Lokal in der Nähe. Er schien unbeschwert und
ausgelassen und erzählte ihnen von seiner wunderbaren Gene-
sung.

Er hatte einen Entschluss gefasst.

»Ich werde nicht mehr in die Firma zurückkehren. Es gibt dort
tüchtige Leute, die treuhänderisch die Leitung übernommen haben. Ich vertraue ihnen. Wenn später einer von euch mit einstei-
gen will, steht euch die Tür offen. Wie findet ihr das?«

»Prost!«, sagte Hanno. Die Neuigkeit kam für ihn so überraschend, dass ihm im Moment nichts anderes dazu einfiel. Er hob
sein Glas und genoss das Bier, das er zur Feier des Tages bestellen
durfte.

Charlotte war zurückhaltend.

»Und was willst du jetzt machen?«, fragte sie schüchtern.

»Nichts«, antwortete Max und lachte. »Ich werde mein Leben
genießen. Ich werde nur noch tun, was mir Spaß macht. Ich werde
mich freuen, mit euch zusammen zu sein, und mir ab und zu erlauben, euch ein Wiener Schnitzel zu spendieren.«

»Prost!«, sagte Hanno noch einmal und leerte sein Glas. Dann
erzählte Max, dass er plane, aus dem Kutscherhaus auszuziehen,

es hingen zu viele Erinnerungen daran. Er wolle sich eine neue Bleibe suchen.

»Und eines Tages, wenn ihr erwachsen seid und eurer Wege geht, dann kehre ich vielleicht nach Südafrika zurück. Dort war ich sehr glücklich.«

* * *

Kurz nach seiner Entlassung fand Max ein Haus in der Nähe der Schule, eine renovierte, zweihundert Jahre alte Fischerhütte am See mit vielen kleinen Zimmern. Sie war ganz aus Holz gebaut, alle Fenster, alle Türen, die Dachschindeln, selbst die Regenrinnen waren aus Zedernholz.

Charlotte fuhr mit der Hand fast zärtlich über die Balken in der Stube und staunte über die goldgelbe Farbe, die sie im Laufe der Jahrzehnte angenommen hatten.

»Wie eine wertvolle alte Geige«, stellte sie bewundernd fest.

»Wie eine Zigarrenkiste«, fand Hanno. Er war begeistert von der Lage des Hauses. Direkt vom Grundstück aus führte durch einen dichten Schilfgürtel ein Steg, von dem man über eine Leiter ins Wasser gelangte. Er ließ sich nicht lange bitten, entledigte sich seiner Klamotten, nahm Anlauf und legte eine vollkommene Arschbombe hin, so seine Ausdrucksweise. Alle wurden nass und kreischten vor Vergnügen.

Es bedurfte keiner großen Überredungskünste, dass die Kinder zu Max ins Haus zogen. Jeden Morgen frühstückten alle zusammen, anschließend fuhren sie mit dem Fahrrad ins Internat, wo sie jetzt Tagesschüler waren.

Wenn sie in der Schule waren, erledigte Max die nötigsten Hausarbeiten. Er räumte den Frühstückstisch ab und stellte das Geschirr in die Spülmaschine, eine für ihn höchst ungewöhnliche Aufgabe, für die, solange er zurückdenken konnte, Mimi zuständig gewesen war. Jetzt sah er es als wiederkehrendes Ritual, das seinen Tagesrhythmus vorgab.

Wenn die Sonne es gut mit ihm meinte, hüpfte er wie als kleiner Junge nackt durch den Garten, wässerte die Blumen, beseitigte die Maulwurfshügel, rupfte Unkraut, mähte den Rasen, wenn es an der Zeit war, und sprang danach schmutzig und verschwitzt kopfüber in den See.

Das Wasser wurde zu seinem Freund. Im Wasser fühlte er sich schwerelos, als könne er fliegen. Kein Wunder, dachte er, dass die Meere und Seen von Sagengestalten bewohnt waren, von Nixen und Nymphen, der schönen Aphrodite, der Schaumgeborenen, und dem göttlichen Poseidon.

Hier in diesem kleinen, schiefen Fischerhaus fand er endlich sein Ich, seine Mitte wieder. Das neue Leben war der genaue Gegenentwurf zu seinem bisherigen Businessalltag. Er war nicht mehr Chef von vielen Tausend Mitarbeitern, aber er war Herr über seine eigene Zeit. Jetzt konnte er lachen über die oft zitierte Steigerung von Besitz: eigenes Auto, eigenes Haus, eigene Meinung! Er war glücklich, wenn er den Morgen nur mit sich allein verbringen konnte, und freute sich auf den Augenblick, wenn die Kinder aus der Schule zurückkehrten und das Haus mit Lärm und Leben füllten. Oft trieb es ihn in den nahe gelegenen Wald, um nach Pilzen zu suchen. Wenn er Blumen auf dem Tisch haben wollte, rief er nicht mehr seine Sekretärin an, die Fleurop beauftragte, sondern er pflückte sie selbst auf der Wiese hinter dem Haus.

Er liebte den Morgen, wenn die Vögel den Tag ankündigten. Seit er hier wohnte, wusste er, dass nur die Herren im Wettstreit um die Gunst der Damen sangen. Sie zwitscherten nacheinander, damit sie von den passenden Angebeteten erhört und nicht etwa verwechselt wurden. Frühaufsteher war die Nachtigall, schon vor Sonnenaufgang stimmte sie ihr Lied an, dann sang die Lerche ihre

Arie, gefolgt von Rotkehlchen, Amsel, Zaunkönig, Buchfink. Und wenn die Sonne den See vergoldete, begannen auch die Spatzen zu tschilpen.

Den ganzen Morgen hatte Max Zeit für sich und seine Bücher. Neben seinen geliebten Philosophen las er wieder die deutschen Klassiker.

Den Steinway-Flügel, den die Mutter ihm zum Eintritt ins Gymnasium geschenkt hatte, erweckte er zu neuem Leben, so wie er es einst versprochen hatte.

Den Kindern hatte er zu seinem Bedauern die Liebe zur klassischen Musik nicht vermitteln können. Sie hörten ihm eine Weile staunend zu, bewunderten seine Fingerfertigkeit und die Kunst des Notenlesens vom Blatt, um anschließend auf ihr Zimmer zu gehen und Rock- und Popsongs zu lauschen. Max war ihnen nicht böse, denn auch er selbst hatte in ihrem Alter die Beatles mehr geliebt als Beethovens »Hymne an die Freude«, und er erinnerte sich zufrieden lächelnd an die Auseinandersetzung mit seinem Vater über ihren weltberühmten Song »All You Need iIs Love«. Es war damals das erste Mal in seinem Leben gewesen, dass er gewagt hatte, dem Vater zu widersprechen.

Was Max und die Kinder als kleine Familie zusammenschweißte und begeisterte, war der Wassersport. Anfangs hatten sie an Windsurfen gedacht, aber dann hätte jeder auf seinem eigenen Brett gestanden und wäre allein losgebraust. Max war die Gemeinsamkeit ein besonderes Anliegen, er dachte an ein Segelboot. Segeln war Teamsport.

Sie radelten zum nahe gelegenen Segelclub, um sich nach einer Mietgelegenheit zu erkundigen. Ja, hieß es, das wäre möglich, allerdings müssten sie erst die Prüfung für einen Segelschein bestehen, einen Rot-Kreuz-Kursus absolvieren und ihre Sehschärfe von einem Augenarzt überprüfen lassen.

Hanno und Charlotte waren genervt von solchen Vorschriften

und wollten schon aufgeben. Deshalb machte Max ihnen einen Vorschlag:

»Was haltet ihr davon, wenn wir ein eigenes Boot kaufen und uns das Segeln selbst beibringen?«

Die Begeisterung war groß, und schon wenige Tage später lag eine hübsche kleine Jolle an ihrem Steg. Die drei hockten zusammen an Bord und lüfteten mit Hilfe eines erworbenen Segelhandbuches die Geheimnisse der vielen Seile, Segel, Wanten und Spanten und lernten die Fachausdrücke kennen: Halse, Wende, Backbord, Steuerbord, Luv und Lee. Jeder nahm ein kurzes Seil zur Hand und versuchte die Knotenkunst zu erlernen. Anfangs waren es gordische Knoten, bis sie Palstek, Kreuzknoten, Stopperstek und Halberschlag beherrschten.

Learning by doing.

Mit dreifachem Jubelschrei legten sie ab, stolz, es sich selbst beigebracht zu haben. Nie mehr in ihrem Leben würden sie diesen Augenblick vergessen.

Je öfter sie sich dem Wind anvertrauten und seine Sprache verstanden, desto intensiver empfanden sie, dass die Schönheit des Segelns in der Stille lag: der wortlose Augenkontakt untereinander, das Handzeichen zur Kursbestimmung, das stumme Verstehen aller an Bord.

Jeder Tag war ein Geschenk.

Wenn der Wind schlief und der Wetterfrosch ihnen keine Hoffnung auf Besserung versprach, machten sie einen Abenteuerausflug. Dann schlugen sie irgendwo mitten in der Landschaft ihr Zelt auf, machten ein Lagerfeuer, brutzelten Röstkartoffeln am Spieß, tranken Bier und Limo und schütteten sich gegenseitig das Herz aus. Eine nie gekannte gegenseitige Nähe und Wärme erfüllte sie.

Bei einer dieser unvergesslichen Touren gerieten sie in einen Hagelsturm. Alle froren, hatten nasse, eiskalte Hände und Füße. Das Lagerfeuer wollte nicht brennen, die Stimmung war schlecht.

Ein Dutzend Kühe standen auf einer benachbarten Weide und glotzten herüber. Da kletterten sie über den Zaun, stellten sich barfuß in die frischen Kuhfladen und wollten sich totlachen, bis sie warme Füße hatten.

Das Schicksal zeigte sich von seiner Sonnenseite.

Ein alter Herr humpelt hustend durch Ruinen. Hilfesuchend schaut er sich um. Bomben fallen, es kracht und donnert. Der Alte hält seine Aktentasche schützend über den Kopf. Plötzlich fällt er um. Die Mutter kommt herbeigelaufen, hebt die Tasche auf. Der Vater reißt sie ihr aus der Hand.

Beim Bezahlen ausstehender Rechnungen stieß Max auf den Brief der Mutter, den sie vor langer Zeit zu Beginn ihrer Demenz an ihn geschrieben hatte. Nach ihrem Tod hatte der Notar ihn ihm überreicht. Damals hatte ihn die Schwermut im Griff gehabt, und er befürchtete, keine weiteren Hiobsbotschaften ertragen zu können. Also hatte er ihn ungelesen in seinen Sekretär gelegt. Jetzt war er zuversichtlich, die nötige Kraft zu besitzen. Er öffnete ihn und las:

Mein lieber, lieber Max, mein geliebter Sohn,
bevor ich ganz in das große Vergessen versinke, möchte ich dir berichten, was mein gesamtes Leben belastet hat und was ich dir schon längst hätte mitteilen sollen. Die Umstände haben dies verhindert. Vielleicht habe ich auch so lange geschwiegen aus Scham oder Schuld oder Mitschuld.
Urteile selbst.
Verzeih mir, wenn ich etwas aushole. Es geht um das Patent in unserer Firma, um das so viele Gerüchte verbreitet wurden. Es gab nur zwei Menschen, die die Wahrheit darüber kannten, dein Vater und ich. Dein Vater ist tot, Gott habe ihn selig. Ich hege keinen Groll gegen ihn, aber ich kann nicht länger schweigen.

Es begann Ende 1943. Ich war damals 24 Jahre alt, mein Vater war im Krieg gefallen, meine Mutter kränkelte. Ich hatte kein Einkommen und war überglücklich, als ich bei deinem Vater eine Anstellung als Sekretärin fand.

Du kannst dir gar nicht vorstellen, wie schrecklich die letzten Kriegsjahre waren. 1944 stand Berlin unter Dauerbombardierung, ein Angriff folgte auf den anderen. Jede Nacht wurden zwischen 20 000 und 80 000 Menschen obdachlos, ganz zu schweigen von den Tausenden von Toten und Vermissten. Noch heute bekomme ich eine Gänsehaut, wenn ich einen Feueralarm höre, weil er mich an diese grauenvollen Zeiten erinnert. Sowie damals die Sirenen losheulten, schnappte man sich die lebensnotwendigen Dinge, die man immer griffbereit zur Hand hatte, und rannte in den nächstbesten Luftschutzkeller. Ich weiß nicht mehr, wie viele Nächte wir zitternd vor Angst zusammengepfercht wie verängstigte Kaninchen dort hockten, wenn die Bomben fielen und die Erde bebte, voller Bangen und Hoffen, dass wir verschont bleiben würden.

Viele Menschen litten unter der sogenannten Kellergrippe, weil die Notunterkünfte schlecht belüftet waren oder bei den Angriffen zugeschüttet wurden. Die Symptome glichen unserer landläufigen Grippe – Husten, Schnupfen, Atemnot.

In solcher Situation lernte ich einen Mann kennen, der schwer leidend neben mir auf dem kalten Steinboden saß und eine Aktentasche gegen seine Brust drückte. Bei jeder Bombenerschütterung, wenn das Notlicht flackerte oder gar ausfiel, klammerte er sich angstvoll an meinen Arm. Ich ließ das zu, es schien ihm zu helfen. Und so kam es, dass er sich jedes Mal, wenn er mich in der folgenden Zeit im Luftschutzbunker entdeckte, neben mich setzte und sich an mir festhielt. Bei Entwarnung stand er sofort auf, machte eine knappe Verbeugung, sagte »Dr. Stein. Danke«, und ging.

Eines Nachts, nachdem es besonders schlimm zugegangen war, vergaß er in der Aufregung beim Verlassen des Kellers seine Akten-

tasche. Ich nahm sie an mich mit der Absicht, sie ihm beim nächsten Mal zurückzugeben. Neugierig, wie ich nun mal bin, konnte ich es mir nicht verkneifen hineinzuschauen. Ich war enttäuscht, denn ich fand lediglich einen schmalen Hefter mit technischen Zeichnungen, Formeln und Berechnungen vor. Ich konnte nichts damit anfangen, ich verstehe nichts von diesen Dingen.

Deshalb erzählte ich deinem Vater davon, der damals ja noch als junger Patentanwalt in seiner schlecht gehenden Kanzlei arbeitete und nur mit Mühe über die Runden kam. Er fand die Papiere hochinteressant, mehr noch, er war elektrisiert von dem, was er da sah. Ich fragte ihn, was so spannend an diesen Zeichnungen sei.

Er lachte und meinte: »Das ist ein Zauberblatt. So etwas hat es noch nie gegeben. Das hat Zukunft. Das ist die Zukunft! Das ist eine Goldgrube!«, rief er, umarmte mich und bat mich, umgehend ein Treffen mit Dr. Stein zu organisieren.

Dreimal kamen sie zusammen. Ich war bei den Gesprächen nicht dabei, aber ich muss gestehen, dass ich beim letzten Mal die Tür zum Büro absichtlich einen Spalt offen ließ und lauschte. Es ging um die ungeschützte Erfindung einer Maschine zur industriellen Herstellung eines besonderen Kunststoffs. Am folgenden Tag sollte sie von deinem Vater für Dr. Stein patentiert werden. Dr. Stein deponierte die Akten im Büro und versprach, pünktlich um acht Uhr am nächsten Morgen zur Unterschrift zu erscheinen. Aber er kam nicht. Er kam nicht an diesem Morgen und auch nicht am nächsten oder übernächsten. Er kam überhaupt nicht mehr.

Ich fragte deinen Vater, ob er eine Adresse von Dr. Stein habe. Er verneinte und erklärte, dass in diesen Zeiten Tausende Menschen über Nacht verschwänden, erschossen oder verschüttet würden. So seien eben die Zeiten. Er könne es nicht ändern. Ich solle diesen Dr. Stein vergessen.

Mir ließ das Verschwinden des sympathischen Mannes aber keine Ruhe. Heimlich schaute ich mir noch einmal die Mappe mit den technischen Zeichnungen an und entdeckte die Visitenkarte von Dr. Stein.

Am Nachmittag, ich arbeitete nur halbtags, radelte ich in die nicht allzu weit entfernte Goethestraße und stand vor einer kleinen Villa, die wie durch ein Wunder den Bombenhagel unversehrt überstanden hatte. Ich klingelte. Ein verweintes Hausmädchen öffnete die Tür und teilte mir schluchzend mit, dass Dr. Stein verhaftet und abgeholt worden sei. Warum, wusste sie nicht.

Damals habe ich deinem Vater nichts von meinen Recherchen erzählt. Ich hatte Angst, er würde mir kündigen, weil ich heimlich, ohne ihn zu fragen, in den Papieren gewühlt, die Anschrift herausgefunden und ihn sogar persönlich gesucht hatte. Aber ich frage mich bis heute, ob dein Vater bei dem Verschwinden von Dr. Stein eine Rolle gespielt hat. Ob er vielleicht jemandem einen Tipp gegeben hat. Ich weiß es nicht. Was hatte dieser alte, schüchterne Mann, der keiner Fliege etwas zuleide tat, denn verbrochen, dass er am helllichten Tag verhaftet wurde? Ich habe mir diese Frage schon tausendmal gestellt. Dein Vater zuckte nur mit den Schultern und sagte lakonisch wieder einmal: »So waren eben die Zeiten.« Ja, es stimmt, so waren eben die Zeiten. Die Nazis hatten die Menschen in zwei Klassen eingeteilt. Auf der einen Seite waren die »Reichsbürger«, das waren die Arier, also wir, deine Eltern. Und dann gab es die anderen, die sogenannten »Reichsangehörigen«, vor denen wurde gewarnt. Heirat mit einem von ihnen war verboten, um das deutsche Blut und die deutsche Ehre nicht zu verschmutzen, hieß es. Damals wie heute unfassbar! Dr. Stein gehörte vermutlich zu den Ausgegrenzten. Hätte er Deutschland zu dem Zeitpunkt verlassen, wäre er staatenlos geworden, und seine Erfindung und sein Vermögen wären sofort an die Gestapo gegangen. Was war da bloß passiert? Die Deutschen, das Volk der Dichter und Denker, waren verrückt geworden.

Als der Krieg zu Ende war, patentierte Vater die Erfindung in seinem eigenen Namen und wurde reich damit. Zu mir sagte er:

»Du hast den Stein ins Rollen gebracht.« Dieser Spruch wurde bei uns zum geflügelten Wort. Du hast ihn oft gehört, jetzt weißt du, woher er stammt.

Mir hat diese schicksalhafte Geschichte allerdings nicht viel genutzt. Je erfolgreicher sich die Firma entwickelte, desto mehr leistete Vater sich neben mir junge, hübsche Mitarbeiterinnen und verdiente sich den Titel eines Schürzenjägers. Ich wurde mehr und mehr aufs Abstellgleis geschoben. Das wollte ich mir nicht gefallen lassen. Ich stellte ihn zur Rede, konfrontierte ihn mit meinem heimlichen Wissen über den nicht zustande gekommenen Vertrag, dem mysteriösen Verschwinden von Dr. Stein und seine eigene amoralische Bereicherung an geistigem Eigentum. Ich beschuldigte ihn des Diebstahls und forderte ihn auf, mich zu heiraten, um meine Zukunft abzusichern. Im Gegenzug versprach ich, die Wahrheit zu verschweigen. Das war Erpressung, dafür schäme ich mich noch heute. Später habe ich mich oft gefragt, wie ich den Mut dazu aufgebracht hatte, aber du warst auf dem Weg. Er hatte mich geschwängert. Ich fürchtete, entlassen zu werden. Ein uneheliches Kind in jenen Tagen galt als Schande. Du weißt, es war keine Liebesheirat. Ich mache ihm keinen Vorwurf daraus. Im Gegenteil. Ohne ihn gäbe es dich nicht.

Den Rest der Geschichte kennst du ja.

Deine dich immer liebende Mutter

P.S. Der Anteil der Schuld, den ich trage, hat mich mein Leben lang belastet. Vielleicht ist meine Demenzerkrankung eine Strafe der Götter. Oder der unbewusste Wunsch meines Gewissens, das Geschehene zu vergessen.

*E*in alter Schärenkreuzer schwebt vorbei. Auf dem Vorschiff sitzen
*die Eltern, hinten die Kinder. Plötzlich muss der Vater husten, die
Pfeife fällt ihm aus dem Mund und verschwindet über Bord. Er stürzt
fluchend hinterher. Die Mutter folgt ihm stumm. Marie schaut ihnen
zu, steht auf, zieht eine Schwimmweste an, hüpft ins Wasser und
schwimmt an Land. Max steigt ins Beiboot und rudert davon.*

    *Hanno, der an der Ruderpinne steht, und Charlotte, die das Groß-
segel bedient, halten Kurs, segeln weiter.*

Herbstanfang. Endlich Ferien.

    Hanno und Charlotte kamen nach der letzten Schulstunde, die
geprägt war von der Vorfreude auf 14 Tage Ferien, mit quietschen-
den Fahrradbremsen zu Hause an. Sie warfen ihre Ranzen in die
Ecke, gaben ihrem Vater einen flüchtigen Kuss, entledigten sich
ihrer Jeans und liefen zum Steg.

    »Wollt ihr denn nichts essen?«, rief Max ihnen nach. »Es ist
alles fertig.«

    »Keine Zeit, Paps. Später. Ist gerade super Wind zum Segeln.«

    Während sie die Leinen der Jolle lösten, warf er ihnen ein klei-
nes Paket mit Sandwiches zu.

    Sie hissten Haupt- und Vorsegel, der Wind griff hinein und
trieb sie schnell auf das offene Wasser. Max winkte ihnen hinterher, bis sie als kleiner weißer Farbtupfer in der Ferne verschwanden.

    Er holte eine leichte Decke aus dem Haus und machte es sich im
Liegestuhl bequem. Ihn fröstelte. Die Sonne hatte ihren Zenit

überschritten, ihre Macht begann zu schwächeln. Bis die Kinder zurückkamen, wollte er ein bisschen tagträumen.

Er dachte an Marie und an die Jahre, in denen sie glücklich miteinander gewesen waren. Ihren Entschluss, ihn als ihren Ehemann zu verlassen, hatte er letztendlich akzeptiert, ihre radikale Trennung von den Kindern aber nie. Berge von Geschenken aus Paris ersetzten keine Mutter, Liebe war nicht käuflich.

Charlotte hatte sich scheinbar damit abgefunden, dass die Mutter nicht mehr da war. Äußerlich hatte sie sich nichts anmerken lassen. Das Leben ging weiter. Auf einem Familienfoto hatte sie Marie aus dem Bild wegretuschiert und jedes weitere Gespräch über sie verweigert.

Hanno, der introvertierter war als seine Schwester, hatte unter dem Fortgang der Mutter gelitten. Er vermisste ihre Fröhlichkeit, ihren Optimismus, ihre überschwängliche Einstellung zum Leben, ihre Leichtigkeit, und er fühlte sich von ihr im Stich gelassen. Manchmal fragte er sich, ob er eine Mitschuld an der Scheidung seiner Eltern hatte, ob er, ohne es zu wissen, zu viel gefordert hatte. Wer sein Erzeuger war, hatte er nie erfahren.

Max versuchte sich in der Doppelrolle von Vater und Mutter, half, wenn er gefragt wurde, freute sich mit den beiden über ihre Erfolge und war im Unglück für sie da, tröstete und stützte sie, hörte ihnen zu. Er wusste, dass er zwei wunderbare Kinder hatte, die er nicht besaß, sondern nur begleiten durfte, und er bemühte sich, seine eigenen Fehler nicht auf sie zu übertragen. Die Firma warf immer noch genug ab, ihnen auch weiterhin ein sorgenfreies Leben zu gewähren und beiden eine erstklassige Ausbildung zu ermöglichen. Später sollten sie den Beruf ergreifen, der ihren Neigungen entsprach. Er selbst hatte als Einzelkind, das unter dem Machtwort des Vaters gelitten hatte, keine Wahl gehabt. Wie sehr beneidete er die Geschwister um ihre Zweisamkeit!

Wer genau Hanno war, hatte er geglaubt zu wissen. Bis ihm

durch Zufall sein Tagebuch in die Hände fiel. Plötzlich sah er einen anderen Menschen in ihm, einen jungen Mann, der Gedichte verfasste, kleine Strichzeichnungen anfertigte, ein Selbstbildnis im Spiegel malte mit großen, fragenden Augen. Er fand einen zarten Liebesbrief, aber auch Aufzeichnungen voller Versagens- und Zukunftsängste. Eine Liste mit Berufswünschen tauchte auf, Jurist oder Betriebswirt war nicht darunter. Zwischen den Seiten lagen gepresste Mohnblumen, Gänseblümchen, Margeriten, sogar ein vierblättriges Kleeblatt war dabei.

Das war nicht der Hanno, den er kannte. Aber je mehr er über ihn erfuhr, desto besser glaubte er ihn zu verstehen, desto näher fühlte er sich ihm. War das normal? Und wäre es umgekehrt ebenso? Was wissen Eltern und Kinder schon voneinander? Was wusste Hanno über ihn? Er hatte ihm nie erzählt, dass er damals in Paris Philosophie studiert hatte, dass er insgeheim ein Doppelleben geführt hatte. Tagsüber in der Firma der nüchterne Chef, abends Nietzsche, Heidegger oder Sartre. Hanno war jung und hatte nie danach gefragt, was den Vater bewegte. Er war damit beschäftigt gewesen, sein eigenes Leben zu meistern.

Als Erstgeborener und Stammhalter hatte er die volle Aufmerksamkeit der Eltern erfahren, die ihn mit allen Mitteln vor den Gefahren und Unbilden des Lebens beschützen wollten. Sie hatten von klein an jeden seiner Fortschritte dokumentiert und fotografiert und sie allen Verwandten und Freunden mitgeteilt, ob er wollte oder nicht.

Charlotte hatte das Glück gehabt, unbeobachtet und viel freier im Schatten ihres Bruders aufzuwachsen, und das war auch der Grund, warum Max sich jetzt eingestehen musste, dass er noch weniger über sie wusste als über Hanno. Sie war stets im Hintergrund geblieben, hatte aus der Distanz zugeschaut, was passierte, und ihr Leben so gestaltet, wie sie es für richtig hielt. Nie hatte sie Max um Rat gefragt. Sie hatte alles ausprobiert, und nur wenn sie es wollte, hatte sie davon erzählt, freiwillig. Von ihren Niederlagen erfuhr niemand etwas, deshalb war sie immer der Sonnenschein der Familie gewesen. Alle freuten sich, wenn sie anwesend war, und wenn sie etwas anderes vorhatte, fragte keiner, warum.

Je länger Max über sie nachdachte, desto mehr erinnerte sie ihn an Marie.

Einen Augenblick lang schloss er die Augen, nahm ihren Duft wahr, und die Erinnerungen überströmten ihn.

Tausend Ideen, tausend Projekte, alles ausprobieren, wieder fallen lassen, Neues anfangen. Charlottes Zimmer war ein Spiegelbild ihres Wesens. Alles lag wahllos herum. Fotos, auf die sie Musiknoten gekritzelt hatte, Bücher mit herausgetrennten Seiten und mit farbigen Anmerkungen versehen, Modeskizzen, halb fertige Skulpturen aus Knetgummi, alte Kinokarten, Notizen, Telefonnummern, ein Päckchen mit Kondomen und ein Reisekatalog von Ibiza, wo sie immer schon mal hinwollte.

*Es klingelt an der Tür. Max öffnet. Draußen stehen seine El-
tern mit erwartungsfreudiger Miene, sommerlich herausge-
putzt.*

*Sie entschuldigen sich für den unangemeldeten Besuch und kün-
digen an, dass sie gekommen sind, um Hanno und Charlotte auf eine
Reise mitzunehmen.*

Max erwachte, ein Windstoß hatte seine Decke fortgerissen.

Es war fast dunkel. Erschrocken blickte er auf die Uhr. War es
schon so spät? Hatte er so lange geschlafen? Der Wind wurde zum
Sturm, zum Unwetter, verbog die Baumkronen, zerfetzte Blätter,
brach Äste und schleuderte Kastanien gegen das Holzhaus.

Er rannte zum Steg. Es begann zu regnen, zu schütten, grelle
Blitze beleuchteten den weiß schäumenden See. Die Wasseroberfläche kochte. Der Regen bildete eine Wasserwand. Weit und breit
war kein Boot zu sehen. Wo, um Gottes willen, waren Hanno und
Charlotte?

Er versuchte, nicht in Panik zu geraten. Die Kinder waren inzwischen erfahrene Segler, er vertraute ihnen. Sie hatten gelernt,
mit Sturm umzugehen, und würden das Richtige tun. Wahrscheinlich hatten sie das aufkommende Unwetter rechtzeitig wahrgenommen und die Segel gerefft oder geborgen und waren irgendwo
an Land gegangen. Selbst wenn sie gekentert wären, was er sich
nicht vorstellen konnte, würden sie sich schwimmend ans Ufer gerettet haben.

Der Sturm ließ nach. Der See beruhigte sich, die Sonne kam

wieder zum Vorschein. Alles schien normal. Nur von Hanno und Charlotte gab es keine Spur.

Max durchlebte die längsten Stunden und die schlimmsten Ängste seines Lebens. Er betete zu einem Gott, an den er nicht glaubte.

Wenige Stunden später stand er im Gebäude der Wasserwacht vor den leichenblassen Körpern seiner beiden ertrunkenen Kinder.

»Wie konnte das passieren?«, stammelte er fassungslos. »Sie sind … sie waren hervorragende Schwimmer.«

Der anwesende Notarzt klärte ihn nüchtern auf:

»Es gab fliegendes Wasser, ein heimtückisches Gemisch aus Schaum und Gischt. Dagegen haben selbst die besten Schwimmer keine Chance. Mit jedem Atemzug nimmt die Lunge nicht nur Sauerstoff auf, sondern sie füllt sich langsam mit Wasser. Man merkt es nicht. Es tut nicht weh. Man wird ohnmächtig und ertrinkt.«

Max fühlte sich, als hätte er sich im Moor verlaufen. Mit jedem Schritt gab der Boden unter ihm nach, egal, in welche Richtung er ging. Von einem Augenblick zum nächsten erschien ihm das Leben nicht mehr lebenswert. Er kam sich vor wie Hiob aus der Bibel, der wohlhabende fromme Mann, dessen Gottesfurcht auf die Probe gestellt wurde, indem ihm alles, was ihm lieb und teuer war, genommen wurde, sein Besitz, seine Kinder, seine Gesundheit, seine Tiere, seine Knechte und Mägde. Seine Frau sagte zu ihm: »Nehmen wir das Gute an von Gott, sollen wir dann nicht auch das Böse annehmen?«

Max verschanzte sich in seinem Fischerhaus, zog die Vorhänge zu und schloss die Fensterläden. Den Hörer legte er neben das Telefon. Nichts sehen. Nichts hören. Nicht gestört werden. Keine Beileidskundgebungen, keinen Trost. Er wollte mit seiner Trauer allein sein.

Der plötzliche Tod seiner beiden Kinder hatte Max endgültig den Lebenssinn geraubt. Sie waren es gewesen, die ihm trotz aller

Schicksalsschläge Halt gegeben hatten. Mit Engagement und Liebe hatte er ihren Werdegang verfolgt, besonders nach der Scheidung. Für sie hatte es sich gelohnt zu leben.

Jetzt war es zu spät. Jetzt lagen die steifen Körper seiner Kinder in einem Kühlfach und warteten auf die Feuerbestattung. Ihr Leben war ausgelöscht worden. Ein Unwetter hatte sie ihm geraubt. Sinnlos hatte die Natur ihm das Kostbarste genommen, was ihm geblieben war. Gnadenlos, ohne jede Moral.

Sie hatten das Pech gehabt, sich zufällig zur falschen Zeit am falschen Ort aufzuhalten.

Max stand vor dem Nichts. Sein Herz war gebrochen.

Die Medien berichteten über den tragischen Tod der beiden Kinder. Kondolenzschreiben verstopften den kleinen Briefkasten des Fischerhauses. Ein Brief von Marie war nicht dabei.

Sie hatte allein Abschied von den Kindern genommen: auf dem Grab lag ein frisch gepflückter Blumenstrauß aus Vergissmeinnicht, Margeriten und Mohnblüten – *bleu, blanc, rouge*.

Max vernimmt eine Stimme. »Vergiss nicht das SEIN.«

Er dreht sich um und erkennt Jean-Paul Sartre. Glubsch-äugig, fast blind schwebt er mit einer brennenden Zigarette in der Hand vor ihm. Genau so hatte er ihn einst an der Sorbonne erlebt, wo er sein tausendseitiges Buch vorgestellt hatte: Das SEIN und das NICHTS.

»Es gibt keinen Gott«, sagt Sartre mit leiser Stimme. »Es gibt kein höheres Ziel des Lebens. Der Mensch ist in eine sinnlose Welt gewor-fen. Die menschliche Existenz ist ein ständiges Scheitern. Alle Leben-den sind an das SEIN gebunden, haben aber die Freiheit, diesen Zu-stand zu ändern. Der Mensch kann handeln.«

»Danke«, sagt Max, aber da ist Sartre bereits fort.

Max wurde bewusst, dass er das Leben nicht länger ertragen konnte. Er wollte nichts mehr sein, nichts mehr wollen, nichts mehr werden und hielt sich an Buddha: »Wir sterben nicht, wir verlassen nur den Körper.« Er beschloss, dass hier am See sein Weg durch das Leben enden sollte.

Doch eine Postkarte von Elton aus Südafrika brachte ihn auf eine andere Idee: »Hallo Boss, beide Avocadobäume, die wir für deine Kinder in die Erde gepflanzt haben, sind voll mit Früchten. Schön, groß und gesund. Bis gestern. Gestern rast ein Auto in den Garten. Der Fahrer, ein Zulu, hatte zu viel Bantubier im Blut. Jetzt sind beide Bäume tot. Der *witchdoctor* sagt, ist böses Zeichen. Hanno und Charlotte sollen aufpassen. Ich bin alt, aber ich weiß, wir werden uns wiedersehen. Apartheid ist vorbei. Nur beim Geld ist noch Apartheid. Arm und reich ist wie eine Schere. Alles wie immer. Elton.«

Max öffnete die Fensterläden, ließ die Sonne herein und ging zum Telefon, um einen Flug nach Johannesburg zu buchen. Einfach, ohne Rückflug und ohne Reiseversicherung.

*E*s fühlt sich an wie ein Absturz, der nicht enden will. Max hatte sich vorgestellt, dass sich der Tod mit irgendeinem Zeichen ankündigen würde. Es wird nicht wehtun, die Nervenbahnen haben keine Zeit, den Schmerz zum Hirn weiterzuleiten. Es wird sein, als löschte jemand das Licht im Zimmer. Und danach?*

Mit großer Geschwindigkeit fällt er in die Tiefe, dem Ende entgegen.

Was erwartet ihn? Ewigkeit. Dunkelheit. Frieden. Wie lange ist ewig? Für die Lebenden ist es nur ein Zeitbegriff, der ohne Uhr und ohne Kalender nicht fassbar ist. Aber was wird geschehen, wenn die Lebensuhr stehen bleibt? Existiert dieser Zeitbegriff dann weiter? Wird er die Ewigkeit im Tod noch als Ewigkeit empfinden? Ist der Jüngste Tag eine Ewigkeit entfernt? Wenn ja, dann muss er sich keine Sorgen um ihn machen. Augustinus, der Vater der katholischen Kirche, hatte behauptet, nur Gott lebe außerhalb der Zeit. Max beneidet ihn darum.

Und was ist mit der Dunkelheit? Empfinden kann man sie nur, wenn man eine Vorstellung vom Gegensatz hat, vom Licht. Gott kennt beides. Am ersten Schöpfungstag hat er das Licht entzündet und ist vielleicht selbst überrascht gewesen, dass er damit auch den Schatten geschaffen hat. Wird die Dunkelheit diesem einzigartigen Licht weichen, von dem Überlebende eines Nahtoderlebnisses berichteten? Angeblich hatten sie mit geschlossenen Augen die unglaublichsten Dinge gesehen. Sahen sie mit dem Herzen, wie die Dichter es beschrieben? Oder waren es nur Traumgespinste? Wie hellsichtig war doch der schlichte Elton, der das Leben von Hanno und Charlotte wegen der

zwei entwurzelten Avocadobäume in Gefahr gesehen hatte! Und wie
recht er behalten hatte!

Seit vielen Jahren hatte Max sehnsüchtig nach Frieden gestrebt,
vergeblich. Der Glaube hatte ihn nur kurzzeitig befriedet, während
der Zweifel eher gewachsen war. Priester und Popen predigten zwar
Frieden auf Erden, aber das hielt sie nicht davon ab, sich untereinan-
der zu bekämpfen. Die weltweiten militärischen Konflikte, die nie en-
dende Aufrüstung, von denen die Medien täglich berichteten, verspra-
chen zwar den Frieden, schufen ihn aber nicht. In der Klinik hatte der
Psychiater versucht, Max medikamentös friedlich zu stimmen, aber
das hatte nur bedingt geholfen. Auch das Erbe seiner Eltern hatte ihm
keinen Frieden beschert, sondern nur Probleme mit dem Finanzamt
und Sorgen, wie er es seinen Kindern weitergeben könnte.

Wird der letzte Atemzug ihm endlich den ewigen Frieden bringen?

Max ist gespannt. In wenigen Bruchteilen einer Sekunde wird er
erfahren, was alle Menschen dieser Erde eines Tages erfahren, egal,
woran sie glauben oder nicht glauben.

* * *

In 1200 Meter Tiefe, auf der Talsohle des Grubenschachtes, wo
kein Lichtstrahl mehr hinkam, wo alle Farben schwarz waren, wo
selbst die Luft den Atem anhielt, hockte der Tod auf einer eisernen
Lore und wartete auf Max. In seiner Rechten hielt er ein Stundenglas, durch das der Sand, die Lebenszeit von Max, ruhig und stetig
hindurchfloss.

Aufmerksam, aber emotionslos beobachtete er, wie die Sand-
körner in der oberen Schale weniger und weniger wurden und der
Sandberg im unteren Teil wuchs. Er kannte diese Prozedur, sie gehörte zu seinem Beruf, seinem Alltag. Nur der Gedanke, dass Max
eine Menge Staub aufwirbeln würde, wenn er hier unten aufschlug,
missfiel ihm. Er liebte das stille, das unmerkliche Ende.

Es war nahe. Max musste jeden Augenblick ankommen, und bevor er zu stinken und zu verwesen begänne, würde er selbst abhauen.

»Der Alte da oben im Himmel macht es sich leicht!«, knurrte er. »ER kümmert sich ausschließlich um das Seelenheil seiner Schäfchen. Den Müll überlässt er mir.«

Mit einer knappen Handbewegung verscheuchte er eine lästige Fliege, die sich respektlos auf seinem schönen Stundenglas niedergelassen hatte. Da bemerkte er, dass der Sand im Glas plötzlich aufgehört hatte zu fließen. Entsetzt drehte er das Glas um, bewegte es leicht, schüttelte es, schlug mit der flachen Hand dagegen, haute verzweifelt mit der Faust darauf. Vergeblich. Fluchend warf er es an die Wand, wo es zersplitterte.

* * *

Durch die geschlossenen Augenlider glaubte Max Licht wahrzunehmen.

Da waren Stimmen, aufgeregtes Flüstern! Wer war das? Waren das Hanno und Charlotte, seine beiden Kinder? Gab es also doch ein Leben nach dem Tod, eine körperlose Existenz? Er wackelte mit dem großen Zeh und versuchte, die Augen zu öffnen. Das eine Lid war verklebt, das andere schob sich nur so weit auf, dass er verschwommen mehrere schwarze Gestalten in weißen Kitteln wahrnahm. Sie standen um sein Bett herum und schienen sehr aufgeregt.

»Er hat einen Finger bewegt! O mein Gott!«

»Unglaublich!«

»Eine Sensation!«

»Ein Wunder!«

Max wollte etwas sagen, aber in seiner Luftröhre steckte ein Schlauch. Er versuchte es mit einer Geste, aber es war ihm nicht möglich, den Arm zu heben. War er gelähmt, oder hatte man ihn gefesselt? Sein Augenlid fiel wieder herunter.

»Eigentlich hatte er keine Chance! Schlaganfall und 30 Tage Koma ...«

»Ob er uns hört?«

Max wollte nicken, aber es gelang ihm nicht. Die Gedanken waren beweglich, aber die Muskulatur verweigerte seinen Befehlen den Dienst.

* * *

Sechs Wochen später bekam Max im Krankenhaus Besuch von Elton.

»Sorry, Boss, ich wäre schon viel früher gekommen, aber da ging es dir noch nicht so gut.«

Max richtete sich im Bett auf.

»Das stimmt, Elton. Jetzt geht es mir besser.«

Er machte eine kleine Pause, denn das Reden fiel ihm noch schwer. »Aber woher weißt du ...?«

»Die Zeitung ist voll mit deinem Foto und vielen Fragen.«

Max schaute ihn verständnislos an.

»Erinnerst du dich nicht? Du fährst mit dem Taxi zu der Goldmine, aber die ist zu, ist kaputt. Du vergisst deine Geldbörse im Auto. Der Fahrer – ein Zulu wie ich«, fügte er stolz hinzu, »ist hinter dir her und will sie dir wiedergeben. Findet dich vor dem Schacht auf der Erde. Platt. Bewusstlos.«

»Ach so. Ein ehrlicher Kerl«, grübelte Max verschwommen, »aber wieso ...«

»Der rettet dir das Leben«, unterbrach Elton ihn und grinste triumphierend: »Ich weiß, du kannst nicht tot sein. Der *witchdoctor* hat doch gesagt, du stirbst, wenn du uralt bist. Und bist du etwa uralt?«

Ein schwarzer Arzt kam ins Zimmer und wollte wissen, wie Max sich heute fühlte.

»Danke für Ihre Hilfe, Doktor.«

»*Ich* muss Ihnen danken«, antwortete der Arzt.

»Wie meinen Sie das?«

»Ach, es ist lange her. Aber ich werde nie vergessen, dass ich und viele meiner Freunde damals durch Sie die Möglichkeit erhielten, die Schule zu besuchen, die Sie uns mit Ihrem Unternehmen ermöglichten. Ohne Sie wäre ich niemals Arzt geworden. Unsere Hoffnung ist, dass Sie uns auch weiterhin helfen. Wir brauchen Leute wie Sie.«

Elton klatschte in die Hände: »Du siehst, Boss, du musst schnell gesund werden. Es gibt noch viel zu tun.« Und augenzwinkernd fügte er hinzu: »Übrigens, dein Haus von damals steht wieder zum Verkauf. Ich mach dir deinen Garten schön und bring dir das Flöten bei.«

Müde lächelte Max ihm zu. »Gut. Aber erst muss ich wieder auf die Beine kommen.«

»Boss, das schaffen wir.«

Er atmete tief, ergriff Eltons Hand und schlief erlöst wieder ein.

ENDE

»Wenn man Schmitts Bücher liest, ist das,
als höre man eine Partitur. Wörter, die singen,
Noten, die wie Finger über die Tasten
eines Klaviers gleiten!« *Le Figaro*

Seit Eric als Kind das erste Mal ein Klavierstück von Chopin gehört hat, ist er von dessen Musik fasziniert. Da es ihm aber immer
noch nicht gelingt, dem Instrument jene Klänge zu entlocken, die
ihn damals so verzaubert hatten, bittet Eric Madame Pylinska um
Hilfe. Anstatt ihn jedoch Klavier spielen zu lassen, mischt sich die
exzentrische Lehrerin mit ihren kuriosen Unterrichtsmethoden
mehr und mehr in seinen Alltag ein. Eric ist alles recht – solange
sie ihm hilft, hinter Chopins Geheimnis zu kommen. Doch insgeheim fragt er sich: Lehrt Madame Pylinska wirklich nur das
Klavierspiel? Oder nicht vielmehr das Wesentliche des Lebens?

C.Bertelsmann

»Ein rundum optimistisches Buch,
dessen Lektüre von Anfang bis Ende
Freude bereitet.« *literaturkritik.de*

Felix ist verzweifelt. Seine lebenslustige Mutter Fatou, die in
Paris ein kleines Cafe betreibt, ist in eine Depression geraten.
Fatou, die einst der Dreh- und Angelpunkt der liebeswerten und
schrulligen Gemeinschaft ihrer Stammkunden war, ist nur noch
ein Schatten ihrer selbst. Um sie zu retten, unternimmt Felix
mit ihr eine abenteuerliche Reise nach Afrika, die sie zu ihren
Wurzeln und zu den Quellen des Lebens führen wird. Ein origi-
neller und tiefsinniger Roman über die Kraft von Herkunft
und Familie.

C.Bertelsmann

Über Menschen, Tiere und die Welt, in der wir leben

In zehn fabelhaften Geschichten erzählt der beliebte Bestseller-autor und Glücksspezialist Francois Lelord François Lelord von Mensch und Tier. Und er offenbart uns darin, dass unser Umgang mit der Natur nicht nur unseren Fortbestand sichert, sondern auch der Schlüssel zu unserem Glück ist. Humorvoll und lebens-klug lässt Lelord Hunde, Schwalben und Schuppentiere zu Wort kommen und hat dabei stets unsere menschliche Wesensart, unser Streben nach einem guten Leben und unseren Umgang mit dem Planeten im Blick.

»Von diesem Pariser Psychiater können wir nicht genug bekom-men! Keiner verpackt Alltagsphilosophie so leichtfüßig in volten-reiche Geschichten wie François Lelord. (…) Reizend!«
Freundin Donna